KB161671

알피니스트

ALPINIST

장재용 지음

산이
빚은

사람들

드록

산에게

추천의 글

장재용과 함께 암벽을 오르다 보면 그가 내려다보는 산이 내게 보이는 산과 사뭇 다르다는 것을 자주 느낀다. 그에게 산은 장엄한 우주인 듯하다. 그는 우주에서 여유롭게 유영하며 여러 각도에서 산을 응시하고 있다. 나도 언젠가 과연 그런 경지에 오를 수 있을까. 그가 부럽다. 이 책은 그가 응시하던 시선이 그대로 녹아 있다.

주영 | 등반가

나를 산으로 이끌었던 역사적 인물들이 이 책에서 다시 살아났다. 보내 준 원고를 읽는 중간에 나도 모르게 두 주먹을 불끈 쥐었다. 지난날 에베레스트를 함께 등반하며 로체페이스 아래에서 깊은 숨을 고르던 재용이의 모습을 생생하게 기억한다. 재용이를 이끌던 그 선배들도 잘 안다. 그들 모두 산악인의 따뜻한 영혼을 품고 있었는데 당시 나는 그것을 표현할 길이 없었다. 그때의 표현할 길 없던 영혼의 실체는 이 책으로 모두 설명된다.

허영호 | 등반가

멋진 제목만큼이나 묵직한 울림을 주는 책이다. 나조차 존경해 마지않는 산악인과 그 역사를 흥미진진하게 풀어냈다. 오전 한가한 때 집어 든 원고를 나는 밤늦게까지 놓지 못했다. 오래 전 히말라야 산정에서 저자를 만났을 때를 기억한다. 그의 눈빛 때문이었다. 그때 장재용은 살아 반짝거리던 눈빛이 돋보였던 청년이었다. 이제 어엿한 산우山友가 되어 매력적인 문체와 보물 같은 글로 우리 앞에 서 있다.

엄홍길 | 산악인

평지와 달리 고소高所에서만 가능한 사유가 있다. 이 책, 특히 2장의 '산을 읽다'는 알피니즘을 구성하는 여러 근본 개념에 대해 깊이 천착하고 있는데 이제까지 이런 류의 글을 보지 못했다. 산악계의 큰 어른인 고故 김영도 선생은 히말라야 14좌를 오른 산악인들은 많지만, 행위에만 머물고 책을 내지 못하는 현실을 탄식하곤 했다. 만약 이 책의 출간을 보았다면 기뻐하고 저자에게 육필 편지를 썼을 것이다. "장재용 써, 이번 책도 잘 읽었어요."

김진덕 | 루트파인더스 발행인

어느 한 분야에 관심과 시간을 보내다 보면 언어의 본능처럼 기원과 뿌리를 찾게 된다. 오랜 세월 '산밥'을 먹은 장재용도 우리의 이 길에 굵은 선 하나 그은 그들이 궁금했었다. 책에는 아는 이름도, 모르는 이름도 있지만 새로운 관점에서의 접근이라 흥미롭다. 뿌리를 찾고 있음은 변화에 대한 욕구일 터. 수년간 잠잠했던 그는 알피니스트로서 다시 시작하려나 보다.

조벽래 | 산악인, 동아대산악회

장재용이 평범한 회사원 시절, 구본형 변화경영연구소 연구원으로 2년간 함께 수련을 받았다. 그는 30대 젊은 회사원이었지만, 나는 50대 모 그룹 최고 경영자로 일을 하고 있었다. 우리는 함께 책을 읽었고, 자신의 욕망과 삶을 글로 쓰고, 오프라인에서 자신의 생각을 함께 나눴다. 이 책은 깊은 곳에서 솟구치는 영혼의 울림이다. 가슴에 이상을 품고, 현실에서의 몸부림이다. 세상의 부조리를 '산'이라는 매개물로 대치하여, 이 시대에 필요한 삶의 위대함을 말하고 있다. 불확실성이 커지고, 빠른 변화에 주눅 들어 힘들어하는 모든 이에게 이 책을 권한다.

하영목 | 중앙대학교 경영경제대학 교수

나는 한국어를 잘 모르지만 장재용이라는 훌륭한 산악인이 쓴 글이라면 믿을 수밖에 없습니다. 역사적인 산악인에 대한 그의 글은 훌륭할 것입니다. 그는 내가 아는 유일한 한국 등반가입니다. 그가 암벽을 탐험하는 모습을 보면서 나는 산을 향한 그의 진심을 깨닫지 않을 수 없었습니다. 이 책에는 그의 진심이 고스란히 담겨 있다고 믿어 의심치 않습니다. 이 책을 온 마음으로 읽어보시길 권합니다.

Jean Valley | 프랑스 등반가

이 책은 독서가 가진 장점을 집약해서 묶은 결정체다. 책을 읽는 것만으로 100년 전 사람이 되어 알프스 험봉에 매달렸던 이의 긴박함과 용기, 정상에 섰을 때의 성취감을 맛볼 수 있다. 모든 걸 걸고 산에 파고들었던 그들이 산에 오르고자 했던 이유, 등산에 대한 선인들의 깊이 있는 성찰과 고백, 세계적인 산악인 7인의 진심을 7성급 호텔 요리 같은 능수능란한 글쓰기 내공으로 간추렸다. 지금은 구하기도 힘든 번역도서와 읽기 껄끄러운 번역체의 불편함을 수십 년간 대신 읽어낸 장재용 산악인이, 산을 모르는 이도 이해할 수 있도록 풀어서 썼다.

후반부에 담은 자신의 산 이야기는 현실을 살아가는 산악인의 솔직한 자기 고백이다. 유물 같은 과거의 영웅담이 아닌 지금 현실을 사는 직장인이자, 한 가정의 가장이자, 산에 대한 식지 않는 열정으로 어쩔 줄 몰라 하는 어려운 심정을 솔직하게 담았다. 누군가, "어차피 내려올 거 왜 힘들게 산을 가냐."라고 물을 때, 가벼운 분위기의 그 자리에서 차마 말할 수 없었던 산악인의 진심을 담은 책이다.

신준범 기자 | 월간산 취재팀장, 차장대우

차 례

Part 2

산을 읽다

이젠 다 알았다 싶을 때 멀어지는 두 가지가 있다. 하나는 우리 삶이고, 다른 하나는 각자의 무엇이다. 각자가 가진 나머지 하나, 영원히 잡히지 않고 특정할 수 없는 개별적인 '그 무엇'이 산인 사람들이 있다. 십여 년 전, 직장인 신분으로 3개월이 걸리는 에베레스트 원정을 두고 사직서를 낼까, 휴직서를 낼까, 갈까 말까를 고민하느라 이틀 밤을 새운 적이 있다. 흉할 정도로 입술이 부르텄었다.

빙벽을 오르다 추락해 왼쪽 발목뼈가 으스러져 스물일곱 조각 난 지 3년이 채 지나지 않아 뼈도 붙지 않은 때였다. 가지 말아야 하는 이유 수백 가지를 늘어놓고서도 나는 그 인화성 짙은 운명을 피해 갈 수 없음을 직감했다. 불같은 화살이 내 핏줄을 타고 지나갔다. 산은 도대체 무엇인가, 기꺼이 삶을 몰락으로 몰아넣었던 밤이었다. 그 밤 이후 내 삶은 불길에 휩싸였고, 태풍으로 빨려 들어갔다. 흔들리고 날아가 타고 잿더미가 되어 부서져야 마땅한데, 나는 멀쩡했다. 오히려 그 안에서, 삶이라는 태풍의 눈 한 가운데서, 그 고요하고 적막한 부동의 중심축을 보았다. 그렇게 산은 나를 살렸고 보우했다.

"하고 싶은 일을 해도 죽지 않았다."

산은 자신의 속살을 활짝 열어 보이며 이 명징한 사실을 내게 알려주는 듯했다. 산은 이런 거였구나, 하고 어리석게도 나는 산을 안다 생각했다. 그럴 때면 순간, 산은 그 몸을 이내 닫아버렸다.

그러나 산이 자신에게 범접해 들어오는 인간을 허락하지 않을 수록 멀어지는 산을 미치도록 알고 싶었다. 신과 대항하며 껍질이 벗겨져도 미소 지었던 마르시아스▲, 신의 번개를 열망하다 그 휘황함에 불타 죽은 세멜레▲▲, 태양신의 마차를 몰다 추락하며 종말을 맞은 파에톤▲▲▲처럼, 산이 자신을 철저하게 감출수록 나는 파멸을 감수하고 산의 진의를 보려 달려들었다.

　볼 수 없는 것을 보려 했다. 산을 오르는 일, 목숨을 내놓고 또 올라가려는 욕망, 산을 향한 열정 같은 것들은 적어도 나에게는 객관적일 수 없다. 사랑할 땐 사랑이 보이지 않는 것처럼 산 안에 있는 사람의 눈으로는 산을 객관화할 수 없기 때문이다. 산을 생각해도 마음속 저 깊은 곳에서 솟아날 무엇이 없고, 더는 산과 무관해지고 난 뒤라야, 시선은 맑아지고 산을 편안하게 조망할 수 있는 눈이 생길지도 모른다. 그래서 그 안에 서식했던 열정도, 희망도 부끄러움도 절망도, 다 타버린 재를 보듯 그저 타올랐을 때를 추억할 수 있을지 모르겠다.

　그러나, 그 안에 있는 한, 그것은 세계의 합리성과 이러저러한 결정론 너머에 있음이 분명하다. 산을 생각하면 곧 휘몰아치는 열정과 사무치는 마음이 산을 객관화해서 보려는 시선을 흐리고 만다. 그러니까 나는 삶 안에서 살고 있으므로 삶을 똑바로 볼 수 없고 마찬가지로 여전히 산 안쪽을 어슬렁거리므로 산을 알 수 없다. 다시 말해, 내 삶이 알 수 없는 힘으로 미끄러져 들어간 곳이자 삶의 의미 안쪽과 바깥쪽에서 모여들고 흘러 나간 곳이 바로 산이다.

▲　　그리스 신화에 등장하는 반인반수의 정령. 아폴론과 연주 실력을 겨뤘으나 패배하여 중벌을 받는다.

▲▲　　제우스의 아이를 잉태했으나, 제우스의 본 모습을 보고 싶다는 소원을 빌어 번개에 타 죽는다. 훗날 아들(디오니소스)이 자하세계에서 구출해 여신으로 승격된다.

▲▲▲　아버지인 태양신 헬리오스의 태양 마차를 무리하게 몰다 결국 제우스의 벼락을 맞아 죽는다.

"산이 하는 말을 듣고 싶었다."

그러나 산은 말을 할 수 없으므로 인간의 말에서 찾을 수밖에 없었다. 산을 치열하게 오른 자들의 말을 찾아 나서야 한다는 결론에 이른 이유이다. 그들은 아마 산과 닮은 몇 안 되는 인간이지 않겠는가. 그런 그들의 깊은 곳에서 터져 나오는, 피와 같은 말들을 흩어지지 않게 갈무리하고 싶다는 바람으로 곧장 등반사를 통째로 뒤져 7명의 길 아닌 길을 갔던 사람들을 찾아냈다.

기라성 같은 수많은 산악인들 속에 파묻혀 지낸 시간이 기뻤다. 선험의 관념들, 시대와 불협하며 새로운 길로 들어서기를 기어코 감행한 자들이 말하는 말 너머의 말, 그들이 뿜어내는 몸의 언어를 곱씹어 읽고 연구했다. 가슴에 산이 들어앉은 인간들이 자기 삶 전체를 욱여넣은 뒤 마침내 포효하며 뱉어낸 단 한마디, 그 휘발하는 말들을 붙잡고 당황과 흥분의 불을 댕겼다. 그들이 자신의 전 생애를 관통하며 삶과 맞바꾼 언어는 그들 삶의 뼈와 살이었다. 산에 기댄 인간의 내면이 말하는 생생함이 가득한 그들의 언어는, 시골 잔칫날 돼지 멱을 따고 그 아래 받쳐 든 사발에 쏟아지는 붉은 피와 같아, 나는 그들의 선홍빛 언어를 소중하게 흠향하고 싶었다.

저 도저한 무를 향한 돌진은 산을 오르는 인간의 마음이다. 적막 속에서 시커멓고 까마득하게 뻗은 검은 벽을 새벽에 홀로 오를 때, 이 세계의 고요에 흠집을 내는 아이젠 소리, 얼음 짝을 파고드는 피켈은 순백의 소리 없는 몸짓이다. 귀청을 때리는 고요, 적막의 메아리가 울려 퍼지지만, 까마득한 아래, 저곳은 오늘이 수요일이다. 그곳에는 문자도 있고 빵도 있겠지만, 오로지 무를 향해 미끄러져 들어가는 수직의 벽에는 살아있다는 존재의 한 종자만이 있을 뿐이다.

죽는 줄 알면서도 달려드는 처절한 경험이 각인된 인간의 몸은 산에 다시 새겨진다. 그것은 낭만과 로망의 언어로는 설명될 수 없을 것이고, 사유나 논리의 언어 위에 있는 몸의 언어일 터인데, 그 감전의 전압이 흐르는 언어를 잡고 삶 전체와 맞서는 말의 에너지를 감당할 수 있기를 나는 소망한다.

안타깝게도 그들의 말은 늘 글자로 넘어설 수 없는 지점에 존재했다. 오랜 시간 그들에게 어울리는 언어와 적당한 말을 고민하던 내 눈물겨운 노력은 이제 그 한계를 알고 내려놓는다. 안 되는 건 안 되는 것이다. 말하지 않는 산에 대고 떼를 쓰고 어리광을 부려 억지 말을 부려 놓았으니, 훗날 이 유치함을 어찌 감당할까.

다만 위안으로 삼는 건 나도 그들 유의 인간, 맨몸으로 박치기하듯 산을 향해 자기 몸을 부수고 들어가는 인간의 지엽말단 말석에 짐짓 모르는 체하고 앉아 있는 내 뻔뻔함과 함께, 그들과 같은 호모사피엔스라는 공통분모다. 말이 닿지 못하는 세계가 있다는 것을 희미하게 본 것만으로 내 복은 다 지었다 여긴다.

책 꼴이 될까 싶었던 졸필은 섬세하고 명민한 편집자 덕에 근사한 서간이 됐다. 글이 주인을 만나 얼굴이 붉어진 격이다. 유나 님을 비롯한 편집진의 수고를 각별히 새긴다.

장재용

산에는 분석을 거부하는 어떤 것이 존재한다.
그것이 산의 영혼이다.

― 프랭크 스마이드Frank S. Smythe,
《산의 영혼The Spirit of The Hills》 중에서

Part 1

가슴에 산을 품은 사람들

1

"길이면 가지 않는다"

— 앨버트 메머리, 알피니즘의 커다란 웅덩이

앨버트 프레데릭 머메리Albert Frederick Mummery(1855~1895)[1]

여기 하나의 선언이 있다. 말이 지닌 파괴력은 강력해서 한 인간을 순식간에, 화염에 휩싸이게 한다. 생을 걸어 치열하게 산 삶 하나가 마지막으로 토해내는 진실의 말, 그 선언에 우리는 사로잡힌다. 삶을 송두리째 걸어 본 사람이 하는 말에 사람들은 기꺼이 자기 운명을 내맡긴다. 한번 소용돌이에 빨려들면 스스로 감당할 수 없을 만큼 무섭게 돌진한다.

하나의 강렬한 선언 이후 일련의 사유들은 그 선언의 각주가 되거나 그 아래로 포섭된다. 그런 말들은 언제나 다른 말을 태어나게 하는 힘이 있어서, 한 사람이 세계와 맞버티는 힘의 진공상태에서 잉태된다. 그 말이 나오지 않으면 안 되는 공허, 선언이 태어나지 않을 수 없는 사회적 상황, 수많은 말들이 무한으로 무너져 집약된 밀도가 역사적으로 응축된다. 선언의 폭발력은 힘이 응축된 시간과 비례한다. 먼 옛날 이 세계가 삼천대천세계의 시간을 무한의 진공으로 응축한 뒤 폭발했듯.

*　*　*

19세기 유럽의 산악계는 더는 오를 곳 없는 무한의 '정복'으로 한껏 추어올려졌다. 알프스 봉우리 꼭대기마다 '정복'의 욕망이 펄럭였다. 1865년, 마지막 난제難題로 남아 있던 마터호른Matterhorn(4,478미터)▲이 에드워드 윔퍼 Edward Whymper라는 런던 출신의 사내에 의해 등정됨으로써 인간이 오를 수 없는 산은 더는 없다고 사람들은 믿었다. 기록에 따르면 1854년 알프레도 윌스Alfred Wills가 베터호른 Wetterhorn(3,708미터)을 등정한 이후부터 1865년 에드워드 윔퍼가 마터호른을 초등初登한 시기까지의 10년간, 유럽 알

▲　목장을 의미하는 'Matte'와 봉우리를 의미하는 'Horn'을 합친 명칭으로 목장의 봉우리라는 뜻이다. 프랑스어 이름은 몽세르방(Mont Cervin), 이탈리아어 이름은 몬테 체르비노(Monte Cervino).

프스에 솟아있는 4,000미터 이상의 봉우리 70개를 포함한 크고 작은 149개의 봉우리가 초등되었다.

그러나 끝까지 올라간 축포는 힘을 다하고 한쪽으로 무너지고 있었다. 1854년 이후 10여 년간 쉼 없이 계속되던 알프스 고봉들의 등정 레이스, 이른바 알프스 황금시대는 이제 더는 오를 산이 없게 되자 그 막을 내리려 하고 있었다. 인간에 의해 죄다 '정복'된 뒤 정상은 의미를 상실했다. 오르는 자들은 더 오를 곳이 없어진 세계에서 무의미와 공허 속에 방향을 잡지 못했다. 어쩌면 곧 도래할 한 사내의 선언에 또 다른 폭발을 예비하고 있었을지 모른다. 머메리의 출현이 시대와 역사적으로 무르익었기 때문이다.

머메리가 산악사山岳史에서 중요한 이유는 그의 선언으로 진정한 의미의 오르는 자, '등반가' 집단이 생겨났기 때문이다. 등반가들의 삶의 형태와 의지의 방향은 머메리 이전과 이후로 나뉜다. 오르는 자들의 꿈은 그에게 흘러가 고였고 다시 그로부터 흘러 나간다. 앨버트 프레데릭 머메리, 산악인의 꿈이 모여들고 나간 커다란 웅덩이이다.

혜성같이 나타난 머메리는 시대에게 이렇게 말했다. 오를 수 있는 산은 아직 남았다, 당신들의 길로 가지 않는다면.

> "알프스 봉우리들을 다 올랐는가? 그건 당신들 말이다. 나는 당신들이 이미 갔던 길이라면 가지 않는다. 다른 길로 모든 봉우리를 다시 오를 것이다. 정상에 오르기만 하면 끝났다고 생각하는가? 나는 당신들과는 다른 방식, 더 어렵고 다양한 루트로 오른다."
>
> – 앨버트 머메리, 《알프스에서 카프카스로》▲

'더 어렵고 다양한 길More Difficult Variation Route'은 이후 산악계의 신앙이 된다. 이 문장은 오늘날에도 여전히 일종의 산악인 입문 선서와 같은 율법이다. 어디를 올랐느냐가 아니라 어떻게 올랐느냐가 중요해진 것이다. 관점을 뒤바꾸는 산악계의 코페르니쿠스적 대전환이었다.

다시 마터호른 정상에 최초로 인류의 발자국이 찍혔던 때로 돌아가보자. 당시의 마터호른은 1950년대의 에베레스트와 맞먹는 경합의 봉우리였다. 호방한 삼각뿔, 찬란하게 고립되어 뻗어간 피라미드의 날카롭고도 아름답게 휘어진 예봉銳鋒, 주위 4킬로미터에 걸친 알프스의 다른 산들이 그에게 몸을 낮추어 엎드린다. 난다 긴다 하는 산악인들이 죽음의 출사표를 던지며 도전했다. 하늘에 버틴 봉우리, 허공은 그의 것이었는데 인간은 그를 넘어서려 했고 마침내, 에드워드 윔퍼라는 영국 사내가 많은 사상자를 낸 끝에

▲　한국어판은 1994년 수문출판사에서 펴냈다. 원제는 《My Climbs in the Alps and Caucasus》.

마터호른 꼭대기를 피로 오른다.

한바탕 환호성이 지나간 자리, 그러나 얼마 지나지 않아 에드워드 윔퍼가 오른 훼른리 루트로 마터호른을 오르는 일은 더는 큰 영예가 되지 못한다. 누구도 갈 수 없다 여겨진 마터호른 북벽의 난코스, 츠무트Zmutt 능선으로 머메리가 오른 이후 사람들의 질문은 '어떤 루트로 올랐나'로 바뀌었기 때문이다. 뻔한 길을 가면서 품는 작은 희망 같은 건 적어도 머메리에겐 '벽 위에 처바른 변 자국 같은 것'이었다. 그는 다른 길과 새로운 길, 길 아닌 길로 길을 뚫으며 걸어간 첫 번째 사람이었다.

머메리가 남긴 유일한 저서, 《알프스에서 카프카스로》에는 그의 초등 기록, 개척 등반의 기록이 난무한다. 가이드 없는 산행, 무인지경無人之境의 루트 개척은 그의 철칙이었다. 무엇보다 등반 중에 안전을 책임지는 확보물인 아이스 피톤▲조차 단 한 번도 사용한 적 없다는 사실이 경악스럽다. 비록 마터호른 초등의 기회는 놓쳤지만, 마터호른으로 오르는 나머지 두 개의 루트, 츠무트 릿지▲▲와 푸르겐 릿지는 모두 머메리에 의해 초등되었다.

▲　 ice piton. 톱니가 있는 기역 자 모양 장비. 빙벽 등에 두들겨 박아서 사용한다.
▲▲　 ridge. 산의 능선.

머메리는 최후까지 머메리다웠다. 그는 인류 최초로 히말라야 8,000미터급 정상에 도전한 인간이다. 그는 서른아홉이던 1895년, 히말라야라는 곳이 존재하는지도 알지 못했던 때, 지도는 물론 이렇다 할 장비도 없이 낭가파르바트 Nanga Parbat(8,126미터)를 오른다. 전인미답의 봉우리는 아직 인간을 허락할 준비가 되어 있지 않았던 모양이다. 두 번의 등정 시도가 수포로 돌아갔고 세 번째 시도를 위해 이전과 다른 새로운 루트를 찾아 떠난 이후 그는 돌아오지 못했다. 인류의 히말라야 8,000미터급 등반의 첫 시도이자 첫 희생자로 운명을 마감했다.

아이러니하게도 그의 책 마지막 문구는 마치 그의 마지막을 예견한 듯하다. '등산가는 자신이 숙명적인 희생자가 되리라는 것을 알면서도 산에 대한 숭앙을 버리지 못한다' 이 말은 또 얼마나 많은 젊은 산악인의 마음에 불기둥을 질렀던가.

그는 등반에 적당한 신체를 가진 사람은 아니었던 것 같다. 오히려 결핍 덩어리였다는 게 동료들의 평가였다. '키는 크고 허수아비처럼 여윈 체구에 어깨는 척추가 어떻게 잘못된 듯 구부정한 모습, 가장 최악은 너무나 근시여서 앞을 더듬거리거나 쉬운 빙하에서조차 미끄러질 정도'인 사내. 그런 머메리가 기라성 같은 알프스 황금시대를 무너뜨린 장본인이었다.

***

18세기, 칸트는 순수이성비판을 발표했다. 저 획기적인 철학서의 발간 직후, 이제껏 신은 완전하다는 명제 위에 쌓아 올려 진 모든 철학은 붕괴한다. 칸트는 그의 첫 저작으로 그리스 자연철학, 플라톤, 아리스토텔레스, 스토아, 중세가톨릭에 이르는 도저한 형이상학의 서사를 은밀하게 무너뜨렸다. 단언을 피하지만, 인간의 믿음 체계를 한순간에 묻어버리며 신을 죽인 칸트보다 무서운 철학자는 없다. 이때까지 인간이 안다고 믿었던 사태에 대해 그것은 신앙고백의 믿음일 뿐이며 계몽철학적 관점에서 죄다 허상임을 밝혔기 때문이다.

글이 샜지만, 철학사의 칸트가 지닌 파괴력을 등반사에 포개면 정확하게 머메리가 겹친다. 산을 오르는 가장 안전한 길, 쉬운 길을 고집하며 정상 등정에 초점이 맞추어진 머메리 이전의 등반 방식은 머메리에 이르러 모두 무너진다. 등정이라는 단조롭고 평평하던 등반 세계는 이제 '루트'라는 울퉁불퉁한 세계로 진입했다.

머메리 이후의 등반사는 모두 '길 아닌 길'로 간 사람들의 얘기로 풍성해진다. 어쩌면 오늘 산을 오르는 알피니스트들은 죄다 머메리의 자기장磁氣場 안에 머무는 지도 모른다.

조금 더 확장하면, 머메리의 위대함은 가치 전도顚倒에 있다. 당시 지배적이었던 단순한 '정상 정복'이라는 가치의 무가치함을 그는 간파했다. 누군가 걸어간 길을 부러워하지 않았고 오히려 그것은 굴욕의 길이라며 부끄러워했다. 세상이 가치 있게 생각하는 건 그에게는 가치 없는 것이었다. 다수가 도덕률이라 생각하는 가치를 자신의 가치표에서는 과감하게 빼버린 것이다.

정상이라는 이름에 들러붙은 지배적인 생각, 그 시대 사람들 대부분이 상식이라 여기는 길을 거부하며 가치 전복의 최적 장소로 '산'을 택한 머메리. 그는 자신의 육근으로 관절과 전완근을 움직이고 사지를 비틀어 위험과 추락과 죽음에 대항하며 세상에 '가치 전도라는 가치'를 육화하여 말한다.

'길이라면 가지 마라'

그의 붉은 문장은 여전히 유효하다. 알파벳 W로 시작하는 난삽한 의문Why이 아니라 H로 시작하는 유일하고 명징한 질문How으로 삶을 살아가는 방식의 전환을 요구한다.

이 세계의 무의미에 대항하는 인간의 질문이다.

이 세계에 의미가 있는지 없는지 알 수 없다. 그러나 의미를 모르고 죽을 순 없다. 모든 인간은 죽는다는 허무주의적 필멸론으로는 세계의 무의미에 대항할 수 없다. 철저하게 현실에 달라붙어 허무주의와 싸울 수밖에 없다. 이름을 남긴다고 해서, 역사적 사건의 주인공이 된다고 해서, 많은 사람의 기억에 굳센 신념의 사람으로 기억된다고 해서 잘 살았다는 타이틀을 수여할 수는 없는 일이다. 두꺼운 삶은 결국 자기 경멸을 거친 자기 극복에 있다. 그것은 중앙아시아 넓은 들판에서 기어코 사라질 소리를 내지르는 일과 다르지 않을 테다.

길이라면 가지 마라, 나는 머메리에게서 배운다. 자기만의 가치 표, 자기 자신이 주인인 삶, '자기가 확실한 느낌으로 모든 일의 주체가 되었을 때 즐거움은 솟아난다. 자기가 모든 일의 주체가 된다는 것, 모든 동사의 주어가 된다는 것'에 동감하며 그 동사의 주어 곳곳에 나를 참여시켜 즐거워하는 수밖에.

머메리, 자신이라는 세계를 원 없이 살다 간 사나이, 지구가 생긴 이래 아무도 내딛지 못한 땅에 첫발을 내딛는 인간의 행복을 상상한다. 혹시라도 알피니즘이라는 게 있어 그것이 인간으로 현현한다면 그것은 머메리일 것이다. 확실한 것은 거벽을 오르는 알피니스트건 뒷산을 오르는 일반인이건 자신이 삶의 주인인 한, 우리는 모두 새로운 길, 없는 길을 가는 머메리의 적자嫡子다.

머메리 에귀유 드 그레퐁 등반 모습.
유일하게 남아 있는 머메리의 등반 사진[2]이다.

2

"시간이 상처 입힐 수 없는 그대"

— 에밀 자벨의 산악문학

시간이 상처 입힐 수 없는
그 무엇이 그대에게는 필요하다.
서슴지 말고 걸어가라.
그대는 이 세계의 인간이 아니다.
에밀 자벨Émile Javelle(1847~1883)[3]

　이름 모를 사람, 그가 걸어 들어간 이름 모를 그 길이 탐
험의 시작이었다. 19세기 '정상 정복'이라는 인간의 욕망
은 비약적인 등산 발전을 촉발했다. '등산'이라는 개념이
인류에게 각인되기 시작한 시기다. 인류 역사 대부분은 수
렵을 통한 원시적 삶이 지배적이었는데, 당시 아무런 대가
없이 죽음을 담보하고 높은 산의 꼭대기를 오르는 행위의
출현은 이해하기 어려운 행동이었다. 수렵의 시대까지 가
지 않더라도 중세, 신이 인간을 지배하던 시대에도 인간에

게 자연은 극복해야 할 무엇은 아니었다. 인간은 자연을 두려워했고 더러는 신봉하며 대지보다 높은 산들을 신격화했다.

신이 내려와 노는 곳으로 믿었던 산들을 인간이 올라가기 시작한 순간부터 신이 지배하던 세계는 균열을 예고한다. 이후 인간은 신에게서 벗어나기를 갈망했고 자연은 극복과 정복의 대상이 됐으며 때마침 발전하던 자연과학은 근대의 오만을 부추겼다. 도전, 탐험, 정복은 신에게서 벗어난 근대 인간의 표상이 됐다. 불행하게도 그 시점은 근대 제국주의 팽창과 맥을 같이한다. 프랑스 태생의 스위스 산악인 에밀 자벨은 이 시대의 사람이다.

그에게는 특별함이 있다. 산을 정복의 대상으로 봤던 당시 대부분의 산악인과는 조금 달랐다. 소규모든 대규모든 소속을 통해 물자와 자원을 투입하며 정복 활동을 구가하던 당시 등산 트렌드와 달리 그는 늘 혼자 산을 올랐다. 그리고 사색했다. 사색한 생각과 홀로 바라본 풍광은 반드시 기록으로 남겼다. 기록은 당시 이름 모를 길들에 디딘 첫 발자국의 주인공이 그였음을 증명했는데, 그의 이 기록으로 인해 훗날 자신이 알프스 봉우리의 초등이라 주장한 많은 사람을 무색하게 만들기도 했다.

사색이 없는 행동은 행동이 없는 사색만큼 무의미하다. 실천과 사색, 이 두 가지를 절묘하게 자신의 생애에 조화시켜 낸 사람이 에밀 자벨이다. 그는 등산가이자 문학인이요 탐험가이자 철학자로서의 면모를 보여준 첫 산악인이었다.

*　*　*

그는 스스로를 '그저 정처 없이 떠돌아다니는 등산가', '그다지 쓸모도 없는 산악회 회원의 한 사람'이라 말하지만, 산을 매개하여 자신을 낮추고 존재를 고양하는 철학적 명민함에 그의 진면목이 있다.

가령, 그는 산에서 "거대한 고대 짐승의 각질 비늘 위를 밟"는 미물에 지나지 않지만, 세르뱅Cervin ▲ 정상에 오르면, "내 마음은 무한한 기쁨으로 가득했다. 나는 자기 자신을 확인하기 위해 나는 손으로 몸을 만져보고 싶기까지 했다. 세르뱅의 정상에서 자신의 생명이 충만해 있는 것, 나는 이 순간을 자신의 전全 존재로 향유하고 있었다. 내 느낌의 모든 것이 일시에 파악되어 충일한 혼란 상태에 빠져 잠시 동안 아무것도 식별할 수가 없었다."고 고백하며 스스로 가장 높은 차원의 생명 경험을 획득한다. 또 "산악지괴가 융기하고 두께 1,000미터의 지각의 외피와 땅을 들어 올리

▲　　마터호른의 프랑스어 이름

거나 찢는 것쯤은 아무것도 아"닌 일이지만, "한줄기 햇빛 속에는 철학의 모든 체계 속에 있는 것보다 더 많은 웅변이 있"음을 알아차린 알피니즘 실존주의의 시작이었다. 그 인식을 가능하게 한 것은 "절벽에 두 다리를 흔들거리면서 이 세상에 살아있다는 것"과 같은 문장에 암시된 존재성이다.

산과 자연은 그에게 존재성의 재발견을 안겨주었다. 그는 "나는 왜, 생의 대부분을 어리석은 새장 속에서 살도록 강요당하고 있는 것일까" 자문하며, 인간이라는 존재는 언젠가는 소멸할 "골짜기의 푸른 주름살 밑 조그만 한 구석이나 작게 희뿌옇게 긁힌 상처"에 불과하다는 일종의 불교적 인식에 닿는다.

명明과 암暗, 성聖과 속俗, 진眞과 환幻, 선善과 악惡의 이분법에 갇힌 인간에게 에밀 자벨의 폭포는 "사람의 얼굴에 비말을 끼얹고 그 무력한 권위를 비웃는다." 그래서 "신과 천국에 있는 사람들을 구별하는 일은 냉담한 박사들에게 맡겨놓"고 "이 심장, 가슴 속에 불타고 있는 것이 느껴지는 이 사랑의 아궁이가 어딘가 암흑으로 사라지기" 전에 살아있는 자신의 존재를 확인하라 외치며 일갈한다. "가자, 그런 아름다움을 찾아가는데 이렇게 꾸물댈 수는 없지 않은가!"

그가 풀어내는 산의 묘사는 탁월하다. 죽음을 비껴가는 등반가의 순간순간을 마치 카메라를 찍듯 정확하고 세밀하게 그려 보여준다. "바위에 오르는 자는 단 일순간이라도 그 목적과 수단에서 눈을 떼지 않"고 오르고 "화강암의 아주 작은 주름살 같은 표면에 손끝을 걸고 구두 끝을 바위에 걸어 몸을 지탱"하면서 "어쩌면 미켈란젤로를 즐겁게 했을지도 모를 그런 자세로 몸을 비틀기도" 하며 오른다. 그가 오르는 바위는 '엄청난 중량에도 불구하고 창공에 부각된 화강암'이고 이 화강암은 죽지 않고 살아있어서 에밀 자벨과 교감하는 바위다. 망치로 하켄과 피톤을 박으며 밟고 올라서야 할 바위가 아니라 자신과 삶의 호흡을 같이하는 거대한 생명이고, "그 발등 위를 기어 다니고 가련한 작은 손이 그 두렵고 험한 살결에 닿을 때는 흡사 잠들어 있는 어떤 거대한 괴물의 등딱지 위를 걷"는 동반자다.

산악문학이 있다면 그것은 에밀 자벨로부터 시작했을 테다. 아닌 게 아니라, 그는 프랑스어 교사이자 훗날 대학에서 수사학을 가르치는 교수로 활동했다. 풍부한 언어를 가진 인간이 산에 들어서면 산이 선사하는 영감이 풍요롭게 넘친다. 더구나 그가 알프스에서 발견한 인간의 첫 길은 시적 도약과 비약 없이는 설명하기 힘들어서 그의 언어가 없었더라면 어쩔 뻔했나 싶을 정도다.

가령, 인간의 손길을 처음 허락하는 알프스 여신의 내밀한 아름다움을 "바위가 존재하고 창공에 그 자랑스러운 나체를 우뚝 솟구쳐 올린, 헤아릴 수 없는 먼 옛날부터 아무도 이곳을 찾아오지 않았을 뿐더러 누구의 눈도 지금 그대가 내다보고 있는 바를 보지 못했으며 이 세상이 비롯된 이후 여기에 계속되었던 침묵을 최초로 깨뜨린 것이 그대 음성이고 그리고 인류 최초의 대표자로서 이 황량한 처소에 나타나는 특권을 부여받은 자가 많은 군중 속에서 우연히도 선택된 인간, 즉 다름 아닌 그대"라고 포착하는 문장에서 나는 자세를 고쳐 앉고, "길도 없는 하나의 골짜기가 도끼 소리 한번 울리지 않은 수목림이 아무것도 들여다보지 못한 심연 속의 폭포가 어딘가에 있다는 것을 아는 사람"으로 알프스의 순결함을 표현할 때는 무릎을 친다. 물론, 이때의 '아는 사람'은 다름 아닌 에밀 자벨임을 우리는 알 수 있다.

　다시 그가 "이 엄숙하고 산뜻한 적막 경을 앞에 하고 숲의 그늘에서 나뭇잎의 신비로운 속삭임에서 바위 사이로 흐르는 격류의 굉음에서 얼마나 황홀한 마음의 동요를 느꼈을 것인가"라고 말할 때면 나는 저절로 19세기 산악인 에밀 자벨과 21세기 시인 황인숙을 겹친다. 황인숙의 〈신성한 숲〉은 에밀 자벨의 '도끼 소리 한번 울리지 않은 수목림'과 포개지고, 둘은 원시의 숲을 인간의 언어로 표현하며 삶의 원형을 본 같은 사람이 아닌가 하는 것이다. 거대한 숲과 대기의 싸움, 이 절대적인 존재들이 싸우는 한 복판에 우리가 끼어드는 느낌을 그들은 글을 통해 파고든다. '이 숲, 저 꿈틀거리는 나무 사이로, 두려움 없이 내가 지나갈 수 있을까'라고 말하며.

***

산을 사랑하여 산에서 한평생 놀다 가고자 한 것이 자신의 유일한 철학이라 말했던 에밀 자벨. 그야말로 산이 사람을 사랑한 유일한 사례처럼 여겨진다. 36년 짧은 해를 산과 여한 없이 함께 보냈으며 등반기보다는 문학적 글쓰기를 하는 산악인답게 그의 글은 심오하고 깨끗하다. 인간의 뇌를 꺼내 풍욕시키는 매력이 있다. 더 이상 단조로울 수 없을 만큼 묵직한 단순함 속에는 무거운 배낭을 메고 말없이 묵묵히 걸어가는 한 등산가의 강철 같은 신념이 산다.

나아가, 그는 자연을 동경하여 산에 올랐지만 바로 그 산을 두려워했다. 미물인 자신이 우주가 빚어낸 산 앞에서 시간 너머의 세계를 가늠하곤 감히 그곳으로 들어가서 비벼대는 일을 두려워했다. 그래서 에밀 자벨의 등반기가 더욱 값지다. 단순한 등반 보고서라기보다는 인간 심상의 정밀한 기록이어서이다. 그가 산에 오를 때마다 꼼꼼하게 그리고 심혈을 기울였던 기록은 그의 사후 16년이 지난 1899년에 한 후배가 정리해《Souvenirs d'un Alpiniste알피니스트의 회상록》라는 이름으로 출간했다. 한국어로는 1991년 고故 김장호 선생이 번역하여《어느 등산가의 회상》▲이라는 제목으로 간행돼 우리 손에 이르렀다. 그의 생을 엿볼 수 있게 된 건 행운이다.

오래전 알프스 대자연을 누비며 살다 간 한 인간을 200년의 시간을 뛰어넘어 당겨 내 옆에 앉혀 놓는다. 그가 내게, "있잖아." 하며 말문을 연다. "저 멀리 빛나는 지평선과 함께, 잔잔하게 이어지는 큰 산자락, 투명한 포도나무 잎 창살 아래 숨겨진 그 행복을 상상해보라"고 조용히 말하면 나는 지그시 눈을 감는다. 히말라야의 고소 적막의 한복판에서 법열에 잠겨 먹지도 마시지도 않고 천 년을 머물렀다는 저 고대 인도 바라몬 승처럼. 짓밟고 꺾으며 세상의 송사에 끌려 다닌 것을 부끄러워한다.

나는 에밀 자벨의 삶을 동경했다. 오르고, 배우고, 쓰는 삶의 아름다움을 그를 통해 알게 됐으니, 그에게서 오르는 자의 멋과 쓰는 자의 맛을 봐버렸고 나는 그가 되고 싶은 마음에 무던히도 그를 인용하고, 따라 하며 그의 흉터까지 닮으려 했다. 그래서, 에밀 자벨은 설악에서 금정에서 그리

▲　　1991년, 평화출판사에서 출판되었으나 지금은 절판되었다.

고 인수봉에서 이제 막 등반을 마치고 장비를 땅그랑 거리며 내려오는 젊은 산악인에게 어깨 다독이며 그들의 손에 꼭 쥐어 주고 싶은 사람이다.

'친구여 나의 소망은 자네는 웃을 테지만 다정한 다른 것들 것 함께 높은 산의 골짜기 휴식을 주는 깊은 평화, 하얀 봉우리들의 자랑스런 싱그러움, 끝없는 산행, 항상 되풀이되는 이런 등산에 대한 희망 없이는 더 나은 인생을 꿈꾸지 못할 것 같네.'

— 에밀 자벨, 《어느 등산가의 회상》, 128p

에밀 자벨이 초등 당시 그린 지날Zinal봉(3,790미터) 연필 그림[4](위)
실제 스위스 알프스 지날 봉[5](아래)

3

"행복이란 무엇인가?
최후까지 쏟아 붓는 것이다"

– 하인리히 하러의 행복론

행복이란 무엇인가?
마지막 힘까지 쏟아 붓는 것이다
하인리히 하러Heinrich Harrer(1912~2006)

　'우린 모두 약간 돌았군.' 이 말처럼 20세기 산악계는 누가 제대로 돌았는가를 놓고 벌인 거대한 '부은 간댕이 경연대회'였다. 대회는 각축장의 중심이 '높은 봉우리'에서 '어려운 벽'으로 바뀌면서 본격화된다. 물론 그 불은 앨버트 머메리가 당겼다.

　알파인 저널리스트이자 등반사학자 월트 언스워드Walt

Unsworth는 《알프스의 북벽North Face》▲에서 '북벽'의 선구자로 머메리를 꼽으며 1892년 머메리의 에귀 드 플랑Aiguille du Plan 북벽 등반을 '벽의 시대'의 시작이라 말한다.

그 등반에서 머메리는 실패하지만, 당대의 통념을 뛰어넘은 전설적인 등반은 그의 오름 짓을 지켜보던 수많은 산악인의 가슴에 불을 지폈다. 확보물을 박으며 올라도 오르기 힘든 길, 수직으로 뻗은 엄청난 벽을 피톤 없이 절반 이상을 오르다 탈출한 머메리의 등반에 젊은 산악인들은 입을 있는 대로 벌리며 경악한다. 놀라움은 잠시였다. 가슴에 큰 자극을 받은 그들은 악마적 매혹을 뿜어내는 거벽의 피 냄새를 맡고 몰려들었다. 바야흐로 '알프스 3대 북벽▲▲'의 시대가 활짝 열렸으니 이때부터 하인리히 하러의 화려한 출현을 예고하고 있었다.

*　*　*

1930년대의 10년은 북벽의 시대다. 1931년 독일 슈미트 형제▲▲▲의 마터호른 북벽 등반, 1938년 이탈리아 신예 산악인 리카르도 카신Riccardo Cassin ▲▲▲▲의 그랑드 조라스 북벽

▲　　1982년 사현각(思賢閣)에서 출판했다.
▲▲　마터호른 북벽 4,477미터, 그랑드조라스 북벽 4,208미터, 아이거 북벽 3,970미터.
▲▲▲　프린츠 슈미트(franz Schmid)와 토니 슈미트(Toni Schmid).
▲▲▲▲ 유럽대륙의 대장장이 산악인으로 불린다. 북미의 대장장이 산악인 이본 취나드와 함께 장비를 직접 만들어 쓴 산악인으로 유명하다.

워커스퍼Walker Spur 루트 등반과 함께 미완으로 남아있던 아이거 북벽에도 사람의 손이 닿는다.

1938년 7월 24일 독일팀 2명과 오스트리아팀 2명이 아이거 북벽을 오르기 시작한다. 그들은 중간 지점에서 합류하여 연합했고 결론적으로는 초등에 성공한다. 이 연합대의 4인 중 하나가 하인리히 하러다.▲ 그는 등반사의 이 기념비적 업적을 《하얀 거미》라는 책으로 남긴다. 하얀 거미라는 명칭은 아이거 북벽 루트의 정상 직전 가장 험난하고 악명 높은 눈사태 구간에서 따왔다. 멀리서 보면 암벽 사이로 잘게 뻗어간 눈 처마가 흡사 그물에 붙어 먹이를 사냥하는 거대한 거미의 몸통 모양을 하고 있어 붙여진 이름이다. 아이거 북벽을 오르는 인간들을 하나씩 잡아 썹어 삼키는 악마의 거미, 아이거 북벽 등반 사고의 대부분은 하얀 거미를 돌파하는 중에 발생했다. 그러나 이곳을 통과하지 않고서는 정상에 오를 수 없다.

대부분 산의 북벽은 오르기가 난해하다.▲▲ 해가 들지 않아 추위에 맞서야 한다. 두꺼운 빙벽과 설벽이 녹지 않고 버티고 서 있어 깎아지른 경사를 극복해야 한다. 무엇보다 낙석과 눈사태 위험이 커 등반 확률을 신에게 맡겨야 할 정도다.

▲ 나머지 3인은 독일의 안데를 헤크마이어(Anderl Heekmair), 루드비히 뵈르그(Ludwig Vörg), 오스트리아의 프리츠 카스파레크(Fritz Kasparek)이다.
▲▲ 남반구에 위치한 산은 예외일 수 있다.

알프스 3대 북벽 중 마지막까지 인간의 발을 허락하지 않던 아이거 북벽은 북벽 중의 북벽이었다. 등반 초입부터 수직고도 1,800미터로 뻗은 벽을 올라야 한다. 게다가 가파른 사면에는 신설과 얼음이 뒤섞인 낙빙, 낙석 사태가 시시때때로 일어나 60여 명이 넘는 젊은 등반가들이 이 벽에 도전했다가 목숨을 잃었다. 그 어떤 산보다 사망자 기록이 많다. 사람들은 역사상 가장 많은 산악인을 죽음으로 내몬 이 벽을 악마의 벽이자 클라이머의 공동묘지라 불렀다. 그러나 수많은 죽음으로 인해 '벽에서 살기 위한' 등반 장비의 비약적인 발전을 촉발했으니, 오늘 바위를 오르는 등반가들의 선진적인 장비는 이들의 죽음에 힘입은 바 크다. 얼음에서, 바위에서 누구든 경건해야 할 이유다.

　누군가 등반가를 구분하여 정의하기를 아이거 북벽을 오른 사람과 그렇지 못한 사람으로 나눌 수 있다고 말한 적이 있다. 당대 최고 난도의 벽이자, 여전히 알피니스트를 가르는 척도로 아이거 북벽은 벽의 대명사다. 세상의 벽들은 수도 없이 많지만, 그때나 지금이나 산악인의 벽은 아이거 북벽이다. 도전의 성스러운 고향, 같은 마음을 지닌 자들이 명예롭게 오르다 산의 품에 안긴 곳, 바로 'The North Face'다. 지금도 산악인들은 메카를 가듯 성스러운 성지 순례의 마음으로 아이거 북벽을 오른다.

→ spider

스위스 알프스 베르너
오버란트Bernese Oberland 산군山群의
그린발트 협곡에 위치한 아이거산,
Eiger North Face 북벽 개념도.
사진 4/5 지점에 표시된 'spider'가
하얀 거미이다.

아이거 북벽 첫 도전의 기록은 1935년이다. 다른 벽에
비해 한참 늦었다. 그만큼 어렵기도 했으며 접근을 불허하
는 벽이었다. 첫 도전은 비극이었다. 뮌헨 출신의 두 산악
인은 아이거 북벽 중단까지 진출했지만 5일을 매달린 끝에
동사한다.

이듬해 도전한 또 다른 4명의 젊은 산악인, 안데를 힌토
슈토이서, 토니 쿠르츠, 빌리 앙게러, 에디 라이너는 아이
거 북벽의 초입부터 새로운 루트를 개척하며 올랐지만, 벽
위에서 루트를 잃고 눈폭풍을 맞아 추락한다. 이 과정에서
추락하는 안데를 힌토슈토이서와 자일을 함께 묶었던 에
디 라이너는 자일에 감겨 죽었고 같이 연결된 빌리 앙게러

는 벽에 매달려 오도 가도 못해 동사했다. 어렵사리 탈출에 성공한 토니 쿠르츠마저 구조 직전에 입은 동상으로 왼팔을 쓰지 못해 어설프게 묶은 자일 매듭이 풀리며 허무하게 추락하여 죽고 만다.▲ 아이거 북벽에서 죽은 시신은 오랫동안 기괴하게 암벽에 남아있었다. 보다 못한 스위스 정부는 아이거 북벽 등반을 2년간 금지했고 하인리히 하러는 등반금지령이 풀리기만을 기다려 1938년에 아이거 북벽을 마주한다.

**

하인리히 하러가 아이거 북벽을 오른 다른 이유는 히말라야 낭가파르바트 원정대원으로 선발되기 위해서였다. 당시 그는 무명의 젊은 산악인이었고 히말라야를 오르는 꿈을 실현하기 위해서는 결정적 '한 방'을 보여줘야 했다. 그때 그의 눈에 아이거 북벽 초등자라는 타이틀이 들어왔다. 1938년 7월 21일, 눈과 얼음이 안정적으로 얼어있는 새벽 2시, 그의 역사적 등반이 시작된다. 등반 파트너 프리츠 카스파레크Fritz Kasparek는 당대 최고의 등반가로 오스트리아에서 이름을 떨치던 사내였다.

그들의 등반 초반은 순조로웠다. 세 번째 아이스필드에

▲   이들의 등반을 소재로 2008년 〈노스페이스〉라는 영화가 만들어지기도 했다.

다가설 무렵에는 그들을 무섭게 추격하는 2인 1조의 등반 팀을 발견한다. 안데를 헤크마이어Anderl Heckmair와 루드비히 뵈르그Ludwig Vörg로 구성된 독일팀이었다. 독일팀의 등반 속도는 경이로웠다. 처음엔 저 멀리 개미처럼 꾸물거리던 것이 얼마 지나지 않아 코앞까지 따라 붙었다. 하러와 카스파레크보다 하루나 늦게 출발했음에도 거의 쫓아온 것이다. 어떻게 가능했을까?

안데를 헤크마이어는 당시 두 개의 프런트 포인트가 추가된 열두 발 아이젠을 최초로 고안한 대장장이 그리벨Grivel이 만든 크램폰을 신고 있었다. 신발의 코 전면과 바닥 전체에 크고 긴 스파이크를 만들어 얼음과 눈을 자유자재로 찍어가며 마치 땅 위를 걸어가듯 갈 수 있게 고안되었다. 이 혁신적인 장비를 착용하고 유유히 그러나 전광석화의 속도로 올랐던 것이다. 지금은 보편화된 겨울철 워킹과 빙벽등반 필수 장비인 12발 크램폰Crampon▲이 등반사에 첫선을 보이던 장면이다. 더구나 하러와 카스파레크는 무거운 아이젠이 등반 속도에 영향 미친다 생각해서, 아이젠이 필요 없는 설벽 지대는 하러가, 빙벽 지대의 선등先登은 카스파레크가 전담하는 전략을 세웠던 터였다. 아이젠조차 없이 눈밭에 땀을 뻘뻘 흘리며 오르던 하러에게, 헤크마이어의 빛나는 구리빛 크램폰은 더욱 더 눈부셨을 테다.

▲ 뾰족한 돌기가 12개 달린 장비로 발에 착용한다. 겨울천 빙벽 등반이나 고산 등반에서 사용한다.

어느새 허러와 카스파레크는 독일팀에 선두를 내주게 된다. 엎치락뒤치락 하던 두 팀은 그날 밤 비박지에서 만나게 되고 진을 빼놓는 이 등반에서 동업자로서 마주한다. 한 평도 채 되지 않는 절벽에 매달려 그들은 땀으로 범벅이 된 젖은 옷으로 눈폭풍이 부는 밤을 함께 견딘다. 욕지기가 절로 나오는 순간에 그들은 같은 처지의 서로를 마주 보며 한바탕 웃음으로 한 팀이 된다. 죽음의 절벽에서 웃음이 가시고, 현실이 자각되면, 그리운 건 저 땅 밑에서의 즐거웠던 기억이었을 테다. 이때를 회상하며 하인리히 허러는 말한다.

> "행복이란 무엇인가?, 라는 질문에 어느 위대한 철학자가 답하기를 '밀크 스프, 편안한 잠자리, 거기에 육체적인 고통이 없을 것. 그것도 과하다.'라고 했다. 우리는 거기에 더해 마른 의복, 믿을 수 있는 하켄, 맛있고 생기가 돋아나는 느낌을 주는 음료만이 아이거 북벽에서의 최대 행복이라 하겠다. 진정으로 우리는 행복했다."
>
> – 하인리히 허러, 《하얀 거미》, 64p

이튿날 한 팀이 된 그들, 희대의 등반가들은 악명 높은 하얀 거미 지대까지 진출한다. 악명은 괜히 붙은 게 아니었다. 정상 직전의 거대한 수직 눈 더미, 하얀 거미 지대를 막 비껴갈 찰나, 거짓말 같이 눈사태가 쏟아져 내린다. 수직벽에서의 눈사태는 곧 죽음이다. 낙석과 함께 모든 걸 쓸고 내려가므로 가느다란 아이스 피톤과 하켄은 무용하다. 엄청난 굉음의 눈사태를 온몸으로 받으며 서로의 생사를 확인하던 순간, 연이어 두 번째 눈사태가 그들을 덮친다. 생존의 출구는 사라졌다. 카스파레크의 손은 낙석으로 인해 골절되고 허러는 수직의 벽에 머리를 처박고 다만 살아있기를 소망할 뿐이다. 헤크마이어는 초인적인 힘으로 순식간에 때려 박은 하켄에 매달리면서 미끄러지려는 같은 팀 뵈르그의 목덜미까지 오른손으로 잡은 채 이가 부서져라 깨물며 죽을힘을 다해 버텼다.

모두 휩쓸려 죽었더라도 전혀 이상하지 않은 강력한 눈사태가 지나가고 아이거 북벽엔 고요함만 남았다. 그러나 살아있다고 느꼈던 사람부터 적막한 거벽에 고함을 치며 동료를 찾았다. 기적이었다. 모두 살아 있었다. 그들은 그렇게 죽음을 견뎌냈다. 죽을 고비를 함께 넘긴 그날 밤의 기록이다.

> '우리들은 때때로 행복을 체험한다. 그 행복은 한참 지난 후에야 깨닫기도 한다. 그때 나는 행복하였노라고. 아이거 북벽에서 이번 비박지는 가장 옹색하지만, 또 가장 즐거웠다. 지난 몇 시간, 만약 우리 중 한 사람이라도 낙오됐거나 단 1초라도 용기를 잃었다면, 지금 다 함께 상쾌한 기분을 음미하지 못했을 것이다.'
>
> – 하인리히 하러, 《하얀 거미》, 111p

이튿날, 1938년 7월 24일 오후 3시 30분. 마침내 그들 네 사람은 정상에 오른다. 정상에서 그들은 '단지 묵묵히 악수를 나누'고 등반사에 길이 남을 역사적인 등반을 끝낸다.

아이거 북벽 초등 직후 하산한 4인.
왼쪽부터 하인리히 하러, 프리츠 카스파레크, 안데를 헤크마이어, 루드비히 뵈르그

* * *

생사를 넘나들 때마다 저들이 말한 것은 행복이었다. 죽음을 앞에 두고 그들은 왜 행복을 불러낸 것인가. 적어도 산 아래 사는 사람들이 볼 때 죽으려 달려드는 그들이 직면한 상황은 분명 행복과는 거리가 멀었다. 젖은 등산복이 아니면, 단지 한 모금의 물만으로 어째서 그들은 행복할 수

있었던가. 그들은 행복의 정의를 다시 썼다. 그들에게서 행복의 재탄생을 본다. 그들에게서 말이 아니라, 몸으로 말하는 행복을 본다.

그들은 사지에서 행복했다. 우리는 평지에서도 불행하다. 늘 행복을 갈망한다. 그러나 억지로 행복을 좇는 행복주의는 필연적인 불행을 안고 있다. 다시 말하면, 행복의 뿌리는 불행이다. 아침에 따뜻한 커피 한 잔, 산 중턱 시원한 바람 한 줄기, 손꼽아 기다리던 여름 휴가, 연인과의 키스, 불행을 잠시 잊게 하는 것들을 행복이라 말하지만, 그 약발이 다하면 이내 불행으로 다시 돌아오게 되니 행복이라는 건 삶에서 불행을 잠시 잠깐 지우는 환상에 지나지 않는 것이다.

반대로 불행도 행복의 감정에 찾아오는 환영 같은 것이어서 마냥 행복이 지속되면 그건 행복이 아닐 테다. 불행과 행복은 서로를 행복과 불행으로 만들어주는 것이니 행복하다, 불행하다 떠들지 않고 시간을 밀치며 그저 사는 게 방법일지 모른다. 오늘 '좋아요'를 받았다고 좋아할 일은 아니고 내일 '좋아요'를 받지 못해도 실망할 일이 아니다. 절망이 살아가는 데 도움이 되지 않듯 희망도 사실은 무용하다. 희망만을 생각하는 사람은 종국에 절망하기 마련이니 말이다.

삶은 행복과 불행 타령이 아니라, 불안과 고통을 짊어진 채 거대한 거인의 등껍질을 걸어가는 산행이라고, 산은 자신의 등을 보이며 조용히 말하는 것 같다. 산길을 걷다 스스로 깨닫는다. 하인리히 허러와 루드비히 뵈르크, 안델 헤크마이어, 프리츠 카스파레크, 그들의 행복은 욕망의 뿌리를 걷어내는 것, 이른바 자유의 경지는 사실 별것이 아니라 주어진 상황을 문제없는 것으로 간주하는 것, 자신의 욕망과는 아무런 관련을 짓지 않는 태도였음을.

욕망에 끌려다니지 않으면 그것이 자유다. 아이거 북벽의 등반가는 아무것도 바라지 않았다. 단지 따뜻한 물 한 모금이 필요했을 뿐이다. 지극히 낮은 욕망의 뿌리를 가졌으며 죽음을 앞에 두고 그 뿌리까지 걷어낸 인간들이었다. 아, 이제 알겠다. 니코스 카잔차키스 Nikos Kazantzakis 의 묘비명▲처럼, 행복의 진의는 아무것도 바라지 않는 마음이었다.

행복이란 천상의 것을 위해 지상의 것을 갖다 바치는 것이 아니다. 그것은 행복이라는 이데올로기에 그친다. 행복이 최종 목적이 되면 삶에서 행복 외에 것은 무용해진다. 다른 것들은 행복을 위해 헌신해야 하는 수단으로 전락할 수 있다. 행위 자체의 기쁨이 아니라 행복의 수단으로써의 기능이 되는 삶, 그러니까 삶 전체가 수단화에 빠지고 마는

▲　　"나는 아무것도 바라지 않는다. 나는 아무것도 두려워하지 않는다. 나는 자유다."

것이다. 삶은 행복을 위한 수단이 되었으므로 행복을 위해 견디는 지금의 불행, 고통, 억압이 정당화되며, 불행, 고통, 억압의 책임 또한 자신에게 오롯이 전가되는 무서운 이데 올로기로 변질될 수 있다.

억지로라도 웃으면 행복해진다는 말을 서슴없이 하는 사람들이 있다. 그것은 웃음을 강요하는 사회적 폭력이나 다름없다. 삶의 모든 것이 갈려 나가도 여전히 억지웃음을 지어야 하는 긍정주의자, 사회의 구조적 불행을 개인의 부정적인 무의식으로 진단하는 긍정심리학자, 위로 트렌드가 돈이 되니 아무나 위로하려 드는 힐링 산업의 업자들이 세상에 주입하는 잔인한 마취제다. 타인의 시선이 내면화된 삶을 사는 사람은, 좋거나 나쁘다는 선악의 판단을 타인에게 의존하는 사람이다. 타인의 시선으로 끊임없이 자신을 감시하고 억압하는 것이다. 이런 타인의 시선, 강자들의 생각, 나보다 힘센 사람의 사유가 내 안에 들어와 행복을 느끼는 감정까지 지배한다. 즉 타인의 감시와, 타인과 다르게 산다는 것에 대한 적절한 처벌로서의 자기 억압이 내면화된다. 자기 억압이 내면화된 인간의 광범위한 전염이 행복주의를 퍼지게 만든다.

행복은 무엇인가. 이에 대한 세상의 말들은 많지만 가장 간명한 언어로 설명한 사나이가 있었으니, 역시 그 또한 행복을 산을 통해 배운 이였다. 늘 생각한다, 산에서의 하루가 몇 수레의 책보다 귀하다. 1938년 인류 최초로 알프스 아이거 북벽을 초등한 사람 중 하나인 하인리히 허러는 그의 책《하얀 거미》에 이렇게 써 놓았다.

> "행복이란 무엇인가? 최후의 남아 있는 마지막 힘까지 쏟아 붓는 것이다."

4

"이렇게 될 수밖에 없었다"

– 헤르만 불이 말하는 불가능의 가능성

내 생애는 당신을 만나기 위한 준비였습니다.

헤르만 불Hermann Buh(1924~1957)

　벌거벗은 산이라는 뜻의 낭가파르바트Nanga Parbat (8,126미
터, 세계 9위봉)는 수직 암벽이라 눈이 쌓일 수 없어 검은
몸뚱어리를 그대로 드러낸 루팔벽의 생김새에서 비롯했
다. 1990년을 기준으로는 등반 중 사망률(77%)이 가장 높
은 산이었으므로 악마의 산, 죽음의 산으로 불리며 등정 난
도가 높기로 타의 추종을 불허했다.

이 산의 첫 등반은 전설의 산악인 머메리에 의해 시도됐으나 1895년 그는 디아미르 루트를 향해 길을 나선 뒤 6,200미터 지점까지 진출하고는 다시 돌아오지 못했다. 낭가파르바트는 머메리의 첫 도전 이후 58년간 31명의 피로 희생 제의를 치른 끝에 1953년 7월 3일에야 비로소 헤르만 불을 승인하며 맞아들인다.

헤르만 불은 낭가파르바트 정상에 발을 디딘 첫 인류이며, 8,000미터 고봉을 산소 없이 올랐던 첫 번째 사람이자 8,000미터 고봉을 홀로 등반한 유일한 자다. 그때까지 헤르만 불은 세상의 가장 높은 곳에서 밤을 지새운 사람이었다. 헤르만 불이 정상에 오른 그날 밤의 이야기는 산악사에 불멸의 밤으로 여전히 남아있다.

***

1930년대 난공불락의 알프스의 벽들이 차례로 초등자의 이름을 찾아가면서 드디어 인류는 히말라야로 눈을 돌린다. 알프스에서 점차 줌아웃 된 카메라는 히말라야를 감지하고 곧바로 줌인하며 8,000미터 고봉을 겨냥하고 곧이어 조리개를 빠르게 열었다 닫는다. 바로 낭가파르바트, 그곳에 극적인 하룻밤이 있었다.

때는 1953년, 2차 세계대전 후 구대륙은 아귀다툼 끝에 소진된 국력으로 너나없이 기진했다. 히말라야 등반은 전쟁 기간 움츠렸던 산악인들에겐 결의의 장이었고, 국가적 위신을 다시 세우려는 위정자들에겐 도전과 승리의 영웅 서사로써 맞춤이었다. 불굴의 의지와 고난 극복의 인간상은 물론 가장 높은 봉우리에 국가의 이름을 새겨 넣으려는 열망이 사뭇 전쟁을 방불케 했다. 이 지구적 캠페인에 국가적 지원을 등에 업은 산악인들은 하나, 둘 히말라야를 향해 짐을 꾸렸다. 날고 긴다 하는 유럽의 등반 일진들은 히말라야로 몰려들었다.

프랑스는 일찌감치 첫 획을 긋는다. 안나푸르나Annapurna(8,091미터) 등정으로 1950년에 역사상 최초로 8,000미터 등정국에 이름을 올렸다. 등정자 모리스 에르조그Maurice Herzog와 루이 라쉬날Louis Lachenal은 국민 영웅으로 추앙받는다. 손발가락 마디들을 잘라내면서까지 오른 드라마틱한 이야기는 《최초의 8,000미터 안나푸르나Annapurna: The First Conquest Of An 8,000-Meter Peak》에 담겼다. 영국은 에베레스트 등정에 인적, 물적 자원을 총동원하여 도전했으며 우리에게 잘 알려진 에드먼드 힐러리와 텐징 노르게이가 1953년 5월 29일에 세계 최고봉 에베레스트Everest(8,848미터)에 오른다.

독일은 낭가파르바트를 오래전부터 노려보고 있었다. 그러나 1953년의 5차 원정대까지 모두 실패한다. 1937년 3차 원정에서 대원 7명과 셰르파 9명을 비롯한 16명이 눈사태로 전멸하는 등 31명의 대규모 희생을 치른 터였다. 프리츠 베히톨트Fritz Bechtold는 그의 저서 《비극의 낭가파르바트》에서 이 허망한 죽음들을 차분하게 묘사한다. 사진첩을 넘기듯 짤막하게 전하는 죽음의 장면들은 이 묵직한 집념의 끝이 어디인가를 묻는다.

수많은 희생 끝에, 어쩌면 마지막일지 모를 원정에 오스트리아 산악인 헤르만 불은 대원으로 선발된다. 드디어 1953년 6월, 독일-오스트리아 합동원정대는 운명의 낭가파르바트 베이스캠프에 도착한다. 헤르만 불은 당시 만 28세로 원정대에서 가장 어렸다.

'베이스캠프에서 텐트 앞에 누워 아픈 발을 돌보며 4,000미터보다 더 높은 쌍두봉을 몇 번이나 쳐다봤다. 그 쌍두봉 뒤에는 내가 기억하는 고지대의 만년설이 있다. 하늘을 향해 하얀 자락을 이루며 눈에 띄게 돋보였다. 나는 그 고지대의 만년설 상부를 나의 심안으로 몇 시간 동안 살펴봤다. 그것은 내게 하나의 꿈처럼, 다른 사람들은 경험할 수 없는 꿈처럼 보였다. 이해할 수 없지만 현실적인 꿈처럼 다가왔다.'

– 헤르만 불, 《8,000미터 위와 아래》 중에서

그가 심안으로 노려본 정상, '현실적인 꿈'은 꿈을 현실로 데려와 본 사람에게만 보이는 붉은 과녁의 홍심이었다. 꿈을 현실로 데려오는 순간 꿈은 더 이상 달콤한 무엇이 아니라 잔인한 현실로 돌변한다. 이상과 현실은 따로 있는 게 아니다. 현실에 토대하지 않는 이상주의는 영원히 불가능으로 남는 허무에 불과한 슬로건에 지나지 않고, 이상을 상정하지 않는 현실주의는 한 발짝도 나아갈 수 없는 시사에 불과하다. 그는 초라했다. 자신의 내면에 솟아있는 '궁극의 산'을 만나기에는 자신의 능력이 현저하게 초라하다는 것을 알았다.

이를 인식한 헤르만 불은 가슴에 이상을 품고 이상과 현실의 갭을 줄이려 혹독한 자기 단련에 들어간다. 짐꾼과 허드렛일, 공사장 막노동과 단역 엑스트라를 전전하면서도 준비를 게을리 하지 않았다. 삶의 고단함 속에서도 그는 늘 산을 향해 있었고 알프스 전역에 걸쳐 134개의 산봉우리를 오른다. 이 가운데에는 초등 기록을 올린 곳도 11개나 된다. 속도 등반, 혹한 등반, 고난도 등반, 악천후 등반, 단독 등반 방식 등을 택하며 애써 스스로 한계까지 몰아세웠다. 그의 지성至誠이 그를 정상으로 올릴 것이라 믿었다.

'나는 준비했습니다. 내 생애는 당신을 만나기 위한 준비였습니다. 내가 아직 당신을 몰랐을 때에도 모든 것은 그 준비였습니다.'

－헤르만 불, 《8,000미터 위와 아래》 중에서－

그는 스스로에게 냉혈한 존재가 되어 가혹하게 준비했고, 이제 낭가파르바트와 마주섰다. 그에게 저 심안의 봉우리는 낭가파르바트가 아니라, 궁극의 산이었다.

1953년 7월, 마침내 운명의 밤이 찾아온다. 7월 1일, 낭가파르바트는 기후가 불안정해지는 몬순기에 들어서기 직전이었다. 헤르만 불을 포함한 등반대원 4명은 캠프를 수도 없이 오르내린 끝에 마지막 캠프5에 머물며 정상을 향한 전의를 다지고 있었다. 베이스캠프에 있는 원정대장의 정상 공격 명령만을 기다리고 있었다. 밤은 깊었고 출정 시각이 다 되어 베이스캠프에서 기다리던 무전이 들려왔다.

'전 원정대는 현재 시간 퇴각할 것, 정상 부근 폭풍을 동반한 악천후가 예상되니 즉시 철수할 것.'

등정 의지로 끓어오르던 대원들의 사기는 단번에 식어버렸다. 6,918미터 캠프 부근의 날씨는 나쁘지 않았다. 이해할 수 없었다. 베이스캠프의 명령에 4명은 깊은 논의에 들어간다. 논의는 길지 않았고, 원정대장의 명령을 어긴 채 등반을 계속하기로 결정한다. 등반 조를 나누어 헤르만 불과 오토 캠프터를 1차 공격조로 자체 결정하고 등반대장 한스 에르틀과 발터 프라우엔베르거가 캠프4에 내려가서 대기하기로 했다.

새벽이 됐다. 정상을 향하기에는 다소 늦은 시간이었지만 7월 3일 새벽 2시경, 헤르만 불은 텐트의 지퍼를 열고 수천 미터의 벼랑이 선명하게 보이는 혹한의 캠프 5를 나선다. 그는 몸에 열기가 피어오를 정도로 정신없이 올랐다. 어느덧 같이 출발했던 동료 오토 캠프터가 따라올 수 없을 만큼 앞서 있었다. 오토를 기다려야 하는가? 추위가 몰려올 것이다. 내려가야 하는가? 다시 캠프로 귀환할 수는 없다. 순간, 헤르만 불은 등반사에 길이 남을 결단을 내린다.

"홀로 오른다."

홀로 오르기로 마음을 먹고 나니 이상하게 편안해졌다. 오로지 오른다. 오르는데 거추장스러운 것들은 모두 버린다. 침낭, 로프 할 것 없이 무게가 나가거나 필요 없는 것들은 모두 버렸다. 퇴로를 스스로 끊어 버린 배수의 진이었다. 홀로 8,000미터를 향해 뚜벅뚜벅 한 걸음 한 걸음 오른다. 단지 오를 뿐이었다. 그를 광배처럼 보우한 것은 그가 궁극의 산을 바라보며 흘린 땀이었을 테다. 1953년 7월 3일 오후 7시, 캠프5를 나선지 17시간 만에 그는 낭가파르바트 정상에 섰다. 광막한 히말라야 준봉들의 세계에 인간이 들어선 것이다. 그는 자서전 《8,000미터의 위와 아래》에서 이 순간을 말한다. 지금 나는 여기에 인간으로서 처음 서 있다고.

'드디어 나는 이 산의 최고 지점에 섰다. 8,125미터의 낭가파르바트다! 더 오를 곳이 없었다. 주위는 작은, 편편한 설면인데 한두 걸음이면 사방이 낭떠러지다. 저녁 7시였다. 지금 여기에 나는 지구가 생긴 이래 인간으로 처음 서 있다. 내가 바라던 목표, 그 지점에 서있다. 그러나 마음이 취해서 잠길 행복감도 즐거운 환희도 일어나지 않았다. 승리자로서의 고양된 기분도 없다. 이 순간의 의미를 나는 조금도 느끼지 못했다. 그저 모두 끝났다는 느낌뿐이었다.'

문제는 그때부터였다. 등반사에 각인된 수많은 히말라야 명장면 중에서도 나는 헤르만 불의 이 밤에 주목한다. 실제 8,000미터를 올랐던 경험에 비추어 보면, 오후 7시에 정상을 오르는 건 자살행위다. 히말라야는 오후 5시면 사방이 어두워지기 시작한다. 시야 확보가 어렵기 때문에 추락 위험은 몇 배로 커진다. 국지적으로 생겼다 사라지기를 반복하는 불안정한 제트기류가 활개친다. 기온은 오후 4시를 기점으로 급격하게 내려간다. 기를 쓰고 오르느라 체력은 바닥이 나 있는 상황이다. 하산하기 위한 에너지가 남아 있지 않다. 게다가 헤르만 불은 의지할 고정 로프도 없었고 홀로 오르느라 모든 장비를 버린 상태였다. 기함할 일은 그 와중에 아이젠 하나가 수천 미터 절벽 아래로 유유히 떨어져 버렸다는 사실이다. 하산을 강행해도 죽고 8,000미터 언저리에서 밤을 지새워도 죽을 위기였다.

"내게는 추위를 막을 수 있는 비바크 시트Bivouac sheet도, 추락을 예방하는 확보 자일도 없었다. 그런데도 다가올 밤이 조금도 두렵지 않았다. 이상하리만큼 마음은 편안했다. 모든 일이 그저 당연할 뿐이었다. 이렇게 될 수밖에 없었다. 처음부터 알고 있었던 게 아닌가."

이윽고 정상 부근 8,000미터에서 비바크▲를 결심한다. 엉덩이를 깔고 앉을 만한 공간도 없다. 히말라야 고산, 몸 하나 날리는 건 우스운 제트 기류의 바람이 부는 바위 벼랑을 한 손으로 잡고 수천 길 낭떠러지를 발아래로 목도하며 초인적인 힘으로 동이 틀 때까지 버틴다.

"어떻게 된 것인가? 나는 어디에 있는가? 나는 깜짝 놀랐다. 낭가파르바트의 험한 암벽 한가운데 의지할 곳도 없다. 발밑에는 시커먼 지옥이 입을 벌리고 있다. 나는 졸고 있었다. 그 와중에 몸이 중심을 잡고 있으니 참으로 놀랍다. 하늘에는 별이 있었다. 날은 아직 밝지 않았다. 나는 애타는 마음으로 해가 떠오를 지평선에 시선을 둔다. 마침내 마지막 별도 흐려졌다. 동이 트기 시작했다."

그는 캠프 5를 떠나 17시간에 걸쳐 오른 길을 24시간이 걸려 되짚어 내려왔다. 41시간의 사투, 불세출의 산악 영

▲　텐트 없이 주변 지형을 이용해 임시로 밤을 지새우는 등반 기술.

웅이 탄생한 밤이었다. 하산 직후 발가락 2개를 절단했지만, 그는 살아 돌아왔다.

＊＊＊

"이렇게 될 수밖에 없었다."

죽음이 아가리를 벌리고 있던 밤, 시커먼 낭떠러지에 서서 버티며 어쩔 수 없다고 중얼거리는 그의 말에 나는 고압전류가 척추를 타고 지나감을 느꼈다. 그 언어의 힘에 나는 경직됐고 수백 킬로그램의 무게로 꽉 채운 그 문장에 손끝을 갖다 댔다. 죽음의 상황을 장악할 수 없지만, 그의 갈구와 혼란과 두려움이 더할 나위 없이 침착해서 의젓했는데 그 초연함에서 초인이 보였다.

그의 '어쩔 수 없다'는 말은 중의적이다. 그것은 누군가에겐 포기의 의미로 쓰이지만, 누군가는 간절함으로 쓰는 말이기 때문이다. 말하기 좋은 도전이나 섣부른 희망으로 꿈을 이루는 자는 없다. 꿈을 이룬 자들의 길은 하나다. 자신이 보기에 그 길 말고는 가야 할 길이 없기 때문이다. 이 길 저 길 갈 수 있는 사람은 길 끝에 닿을 수 없다.

헤르만 불의 '어쩔 수 없다'는 무기력한 현실 승인이 아니었다. 상황의 불가피함을 받아들임으로써 체념으로 처지를 승인하는 안주가 아니었다. 그것은 바로 이곳, 죽음의 절벽에서 밤을 새울 수밖에 없는 한 사람의 가장 강력한 벼랑의 언어였다. '어쩌면' 살 수 있을지도 모른다는 간절함의 언어였다. '어쩌면' 보이지 않는 벽으로 돌진하는 마지막 희망의 부사, '어쩌면'이 선사하는 희망의 스피릿은 더는 물러설 곳 없는 언어, '어쩔 수 없다'는 벼랑의 철학으로 변모한다.

'어쩌면'은 산 사람들이 좋아하는 부사다. 니체는 이 부사를 도래하는 진정한 철학지의 딘이라고 말한 바 있다. 현자들의 세상 물정과 상식의 한계 안에서 작동하는 율법을 정지시키는 말. 어쩌면 나도 저기에 오를 수 있지 않을까, 어쩌면 나도 할 수 있지 않을까, 어쩌면 우리가 꿈꾸던 세계에서 살 수 있지 않을까, 그리고 어쩌면 내 꿈도 마침내 이루어지지 않을까. 가능$_{possible}$과 불가능$_{impossible}$의 경계를 무너뜨리는 무서운 언어, 발목이 산산이 부서지고 절망에 빠져 허우적거릴 때도 이 단어를 놓치지 않는다. 모든 불가능을 속수무책으로 만드는 가능화의 말, 알피니스트는 세상 현자들의 현란한 입을 막고 '어쩌면'에 기대 기어코 두 발을 움직인다.

언제 어디서든 어쩔 수 있는 인간은 매력 없다. 못 배우고, 없이 살아도 어쩔 수 없는 인간들 속에 희망이라는 게 있다는 걸 안다. 헤르만 불의 그 밤은 무서운 간절함, '어쩔 수 없다'의 세계에 살았던 인간이 보낸 역사적인 밤이었다.

헤르만 불의 그 밤은 낯익은 얼굴처럼 환하게 웃는 암벽으로 변했다가 훈훈한 바람을 뿜어내는 설산으로 넓어지고, 서서히 그를 위쪽으로 밀어 올리는 바람을 타고 내게로 온다. 헤르만 불의 간절함과 지성至誠은 시공간을 초월하여 나를 겨눈다. "너는 한 번이라도 하루를 지성으로 살아 보았느냐?" 숙명의 모가지에 이끌려 어쩔 수 없는 인간들이 있다. 그것은 자신도 어쩌지 못하는 길이다. 그 길을 가면 위험하고 무섭고 힘들고 굴욕적이며 괴롭다. 그럼에도 해야 하는 이유는 어쩌면 그 길이 자신의 길이기 때문일지도 모른다. 그렇다면 어쩔 수 없이 할밖에.

벼랑의 언어는 삶의 길을 바꾸어 놓는다. 마음속 저 깊은 곳에서 울렸던 북소리, 그 북소리에 심장 박동을 맞춘다. 헤르만 불 가슴 속 궁극의 산은 내가 사로잡힌 그곳, '어쩔 수 없음'으로 들어서라는 외침이다. 그리하여, 삶의 국면 국면마다 주시하라, 내 안에서 떨려 오는 그 장엄한 소리를 놓치지 마라.

1953년 원정 직전의 헤르만 불.
이 젊은 청년은 1953년 7월 4일 훌쩍 나이 든 모습으로 생환했다.

5

"다만 삶의 방향을
찾지 못하는 것이 두려울 뿐"

– 게리 해밍적 몸의 언어

삶의 방향을 찾지 못하는 것이 두려울 뿐이다.
게리 해밍Gray Hemming(1934~1969)

'지금'이라는 운명의 끌림을 온몸으로 긍정하기에는 늘 현실이라는 당위가 힘으로 압도한다. 솔직하게 말하면 그 당위는 '사건'에 빨려들어 회오리칠 준비가 되지 않았던 것이고, 더 솔직하게는 '사건'이 겁나 결정적인 순간에 늘 한 발 빼는 야비함이다. 엄밀하게 말하면 그 속에 있는 거친 상황의 자기를 스스로 감당해 낼 자신이 없다. 그러나 앞장서는 자의 운명 같은 것이 있다. 그들은 사건 속으로 기꺼이 빨려들고, 삶과 정면으로 맞붙어 불행을 찾아 나선다.

몰락으로 걸어갈 줄 아는 인간, 그런 사람은 흔히 말하는 자신감으로는 설명되지 않고, 시민적 초라함 너머에 있으며 거친 밥을 먹고 손톱에 낀 때를 부끄러워하지 않는다. 삶을 송두리째 앗아가는 위험인 줄 알면서 모험을 감행한다. 내 안에 또 다른 인간, 우리 안에 그런 것이 있다면 그것이 누구든 간에 삶의 경계를 넘어서는 최초의 인간이다. 이 사람을 보라.

기라성 같은 산악인들 사이에서 역사의 조명은 받지 못했지만, 기억해야 할 한 사람이 있다. 게리 해밍, 그는 아무것도 남기지 않았다. 비위에 오르며 남긴 흔석은 다시 올라 지웠고, 바위에 박힌 피톤과 몸을 지탱해 주는 튼튼한 슬링마저 빼버렸다. 그는 그가 올랐던 초등의 기록도, 흔한 개념도조차 남기지 않았다.

'네가 오른 길에 아무것도 남기지 마라. 너는 그냥 그곳을 스쳐 지나간 사람일 뿐이다. 네 뒤에 오르는 사람도 마치 그곳을 초등하듯 오를 수 있도록 내버려두라.'

그가 오른 이름 모를 기암절벽들이 무수했다. 아니 온 듯 내려갔으므로 바위에서는 그의 무늬를 찾을 수 없다. 누구나 처음 오르는 기쁨을 누려야 한다는 단단한 철학만 남겼다. 보이지 않게, 조용한 강자의 길을 가던 그가 산악사에 조명을 받은 유일한 장면이 있었다. 1966년, 사건으로 기꺼이 걸어 들어가는 '최초의 인간'의 아우라를 그에게서 본다. 그는 그답게 나타났다.

***

1950년대 말부터 요세미티 거벽 시대가 열렸다. 정확히는 워렌 하딩Warren G. Harding이 1958년 미국 서부의 요세미티 국립공원에 있는 엘 케피탄El Capitan을 노즈Nose 루트로 처음 오른 뒤 이른바 '요세미티 거벽 시대'가 열렸다. 이때까지만 해도 상대적 변방이었던 미국 산악계가 요세미티 시대로 인해 역사의 전면으로 모습을 드러내던 시기다.

게리 해밍은 이곳에서 열정을 키웠다. 엘 케피탄에서 얼마 떨어져 있지 않은 '하프돔' 북서벽(표고 차 600미터)을 개척했고 캘리포니아와 캐나다 브리티시컬럼비아주 일대 산군의 무명 봉들을 개척했다. 요세미티 거벽 등반 기술로 중무장한 게리 해밍은 새로운 등반을 찾아 운명의 알프스로 향한다. 주요 봉우리와 벽들은 답파됐지만, 아직 등반되지 않은 많은 거벽이 남아 있었다.

알프스는 그에게 훌륭한 도전의 장이었다. 그와 등반 철학을 같이 하는 파트너, 로열 로빈스Royal Robbins(1935~)와

1962년, 드휴 서벽Aiguille du Dru(3,730미터)에 아메리칸 다이렉트 루트를 뚫었다. 요세미티 등반 방식으로 단 3일 등반해 직등 루트를 개척했다. 당시로는 산악 변방인 미국에서 이름 없는 등반가가 알프스로 날아와 요세미티식ズ '알프스 거벽 시대'를 열어젖힌 것이다.

사건은 의도치 않게 일어났다. 1966년 8월에 게리 해밍은 몽블랑 등반을 위해 알프스에 있었다. 8월 17일, 드휴 서벽에 독일 등반가 2명이 조난당하는 사고가 일어난다. 독일 등반가들은 1962년에 게리 해밍이 개척한 아메리칸 다이렉트 루트로 오르는 중이었다. 벽을 오르다 부상을 당했고, 장비와 식량이 바닥나 거벽 중간에 매달려 오도가도 못 하고 강풍과 눈 폭풍에 시달려 생명이 위태로웠다. 구조 신호가 무전을 타고 퍼졌고, 프랑스 ENSA와 EHM▲의 최정예 가이드로 구성된 구조대가 구조에 나섰지만, 폭설과 강하게 부는 폭풍으로 인해 구조대마저 발이 묶여 버린다.

골든 타임은 속절없이 흐르고 뾰족한 수는 없었다. 벽에 매달린 사람이 죽는 걸 뻔히 지켜볼 수밖에 없는 상황이었다. 시간만 흐르고 있었다. 어찌할 수 없는 상황이 계속되고 발만 동동 구르고 있던 때, 게리 해밍이 조난 소식을 접

▲   ENSA(Ecole Nationale de Ski et d'Alpinisme)는 프랑스 샤모니에 위치한 국립스키등산학교이고, EHM(École militaire de haute montagne)은 프랑스군 및 동맹군 장병에게 산악전, 스키, 산악 지도 등을 훈련하는 군사학교이다.

한다. 그는 이탈리아 몽블랑 방면으로 이동 중이었다. 그는 망설임 없이 가는 길을 멈추고 구조에 나서려 기수를 돌린다. 친구인 로타르 마우흐 Lothar Mauch 가 게리 해밍을 강하게 만류하자, 그는 이렇게 말한다.

"그곳은 내가 개척한 벽이다. 누구보다 내가 잘 알아. 지금 저 서벽에 두 명의 독일인이 절박한 상태다. 나는 그 루트에 경험 있는 등반가로서 그들을 외면할 수 없다. 등반가는 언제든지 구조에 나서야 한다. 그것은 가이드나 군인만의 몫이 아니다. 무엇보다 중요한 것은 두 명의 목숨이 위태롭고 시간이 없다는 사실이다. 무슨 말이 더 필요한가."

1966년 8월 18일, 샤모니에 도착한 게리는 구조 상황을 파악하고 6명의 정예 구조대를 2개 조로 재편성한다. 1조는 등반로를 개척하고 2조는 개척조를 뒤따라 오르며 식량과 장비를 지원하기로 했다. 8월 19일 새벽 3시, 게리 해밍은 개척조의 맨 앞에 앞장서서 드휴 서벽을 오르기 시작했다. 이날을 취재했던 프랑스의 한 저널리스트는 빙하 위를 오르던 유일한 미국인 게리 해밍에 대해 "그의 얼굴에는 기독교 성인들의 그림에서 볼 수 있는 아름다움이 있었다."고 회상한다.

구조는 정상으로 향하는 등반보다 서너 배의 에너지가

소모된다. 홀로 오르기도 힘든 어려운 난코스를 각종 장비와 구급 물품을 지니고 올라야 한다. 또 탈진해서 늘어진 피구조자와 함께 죽을힘을 다해 내려와야 한다. 뿐인가, 의식이 희미한 자들을 안타까움으로 지켜봐야 하고 생을 점차 마감하려는 인간의 모습을 곁에서 함께해야 한다. 벽을 올라야 하는 이유가 등반을 목적으로 하지 않는다는 점이 심적 압박이 되어 무겁게 짓누르지만, 무엇보다 구조는 악천후를 등에 업고 진행해야 하는 때가 대부분이므로 구조 중에 자신도 죽을 수 있는 위험에 그대로 노출된다. 게리 헤밍이 그걸 몰랐을 리 없다. 그러나 단 1초의 망설임도 없었다.

알프스 등반사 중 가장 위험하고 위대한 '드휴 서벽의 구조' 작업이 시작됐다. 시간을 돌려 어찌된 상황인지 살펴보자. 1966년 8월 14일, 스물두 살의 학생 라미슈Heinz Ramisch와 서른 살 자동차 정비공 슈리델Hermann Schriddel은 샤모니 캠프장에서 처음 만나 등반을 계획하고 팀을 성급하게 꾸린다. 2~3일 안으로 드휴 서벽을 완등하기로 의기투합하고 8월 15일, 표고 차 약 1,000미터에 달하는 화강암 거벽에 붙는다. 짧은 기간 빠르게 오른다는 계획이었으므로 이들은 최소한의 장비만으로 올랐고 악천후에 대한 대비가 전혀 없었다. 결정적으로 그들은 이전에 함께 등반한 적이 없었다. 그것이 화근이었다. 위험 상황에 맞닥뜨리거나 서로 간의 긴박한 의사 전달이 필요한 순간에 의사소통이 원활하지 않을 수 있다는 가능성이 컸다는 의미다.

순조롭게 오르던 순간, 앞서가던 슈리델이 공중에서 30미터가량 추락하며 갈비뼈가 부서진다. 더는 오를 수 없는 상황이 됐고, 벽에서 탈출하기 위한 장비는 부족했다. 두 사람은 바위에 매달려 온갖 수를 써보지만, 탈출하기엔 역부족이었다. 공포와 불안이 이들을 덮쳤다. 파트너였던 라미슈는 탈진과 탈수 증세를 보이기 시작한다. 수직의 절벽에서 밤을 새우며 완전히 탈진한 그들은 붉은 재킷을 흔들며 마지막 힘을 다해 구조 요청을 보냈다.

1966년 8월 17일 아침, 휴가철 빈번한 산악사고를 대비해 알프스 일대 상공을 돌던 헬기가 그들을 발견한다. 곧바로 조난 소식은 무전으로 전해지고 구조 헬기가 생존해 있는 독일 등반가 2명 위로 맴돌며 조난 위치를 확인하고 돌아갔다. 곧바로 구조팀이 조직됐다. EHM 소속 가이드와 군인으로 구성된 40명의 구조대원이 드휴 서벽 정상에서 하강하여 조난자를 구조한다는 계획을 세우고 드휴 서벽 정상부에 도달한다. 그러나 거대하게 돌출된 오버행overhang 절벽과 진눈깨비를 뿌리는 악천후에 직면하자 구조를 포기하고 돌아선다.

조난자를 눈앞에 보고서도 속수무책이던 때, 게리 해밍이 샤모니에 모습을 드러낸다. 조난자와의 최단 거리인 '아메리칸 다이렉트' 루트로 오르면 구조 시간을 획기적으로 절약할 수 있었지만, 드휴 서벽의 악명을 알기 때문에 누구도 '아메리칸 다이렉트'로 오를 엄두를 내지 못하고 있을 때였다. 자존심 높은 프랑스 산악가이드에게 게리 해밍은 말한다. '이 벽은 내가 잘 안다. 정상부에서 하강하는 방식으로는 구조가 불가능하다. 구조를 위해 모인 등반가들을 조직하겠다. 이 구조는 하단부에서부터 올라가는 방법 외에는 없다. 그중 가장 빠른 루트가 아메리칸 다이렉트다.'

중앙을 뚫고 올라가는 등반선이 게리 해밍의 구조 등반 루트이다[6]

8월 18일 저녁 7시, 곡절 끝에 게리 해밍의 구조팀이 출발했다. 오로지 생명을 구하겠다는 일념으로 그는 바위를 질주했다. 언론은 구조 상황을 시시각각 생중계로 보도하며 '키 크고 용감한 캘리포니아 사나이가 구름 사이로 질주하고 있다'고 흥분했다. 8월 19일 새벽 3시, 드휴 서벽 구조작업 3일째, 다른 구조팀들이 장비의 부족과 부상으로 속속 실패를 거듭한 가운데 오직 게리 해밍만이 죽음의 사투를 벌이며 오르고 있었다.

그가 이 직등 루트를 뚫긴 했지만, 기상악화가 계속되는 중에 등반하기란 녹록치 않았고, 며칠 밤낮을 구조에 매달리느라 게리 해밍조차 헤맬 수밖에 없었다. 길은 보이지 않았고 조난자는 고통으로 죽어가고, 구조자는 지쳐갔다. 알프스에 덮친 이 절망의 순간을 숨죽이며 지켜보는 이들도 안타까움에 두 손으로 얼굴을 감쌌다. 그렇다고 지체할 순 없다. 그 순간, 송곳 같은 눈폭풍을 뚫고 초인적인 힘으로 벽을 오르는 사내가 카메라 앵글에 나타난다. 악천후 속에서 드휴 서벽을 오르는 한 용감한 산악인의 늠름한 등판이 드러났다.

눈폭풍이 여지없이 할퀴는 수직의 거벽, 그는 살인적인 등반 끝에 조난지점에 근접했다. 8월 21일 정오경 마침내 게리 해밍은 조난자와 조우한다. '살아있다. 내가 그들을 데리고 내려간다.' 사고가 난 뒤 7일 동안 강풍과 폭설의 추위를 견디고 탈진상태인 조난자들은 다행히 생존해 있었다. 이 전설적인 샤모니 구조 장면은 프랑스, 이탈리아, 독일 등 언론매체를 통해 대대적으로 생중계됐고 유럽 전역의 천만 명이 이상이 시청하는 가운데 진행됐다. 구조 현장을 지휘하고 생명을 구하기 위해 홀로 깎아지른 거대한 벽을 오르는 미국인 한 명이 그대로 전파를 탔다. 사람들은 게리 해밍을 직접 만나 보기 위해 샤모니로, 샤모니로 몰려들었다.

그 후 매년 여름 샤모니에는 이 미국인에 대한 이야기가 전설로 회자되었고, 이 구조작업은 몽블랑 산군에서 가장 어렵고 위험한 구조 등반으로 기록되었다. 조난자를 안전하게 구한 뒤 매스컴은 그가 누구인지 궁금했다. "내 이름은 게리 해밍, 미국에서 왔소." 다시 멋쩍게 웃으며, "나는 피곤하다. 쉬고 싶다, 길을 비켜준다면" 그는 수많은 질문 세례에 두 마디를 했을 뿐이다.

프랑스 산악전문지 〈Paris Match〉 1966년 9월호 표지 사진.[7]
왼쪽에서 두 번째, 벽을 짚고 있는 사람이 게리 해밍이다.

* * *

스스로 해방된 자유로운 사람들이 있다. 명성과 명예에
걸리지 않는 대신 고독하다. 이겼다고 교만에 들뜨지 않고,
졌다고 방에서 웅크리지도 않는다. 대중의 영웅으로 추앙
되기를 원하지 않는다. 누군가를 추종하지도 않는다. 비겁
하게 도망가지도 않는다. 그리고 삶을 사랑하고 운명에 맞
섬으로써 스스로의 영웅이 된다. 운명과 맞서는 인간, 앞장

서는 자가 사건 속으로 빨려들지 못할 때, 비록 그것이 불행을 자초하더라도 뒷걸음질 치고 물러서는 일은 그 사람의 '흰옷에 붉은 피'처럼 튀긴다. 운명처럼 입은 옷이 정결할수록 그 피는 더욱 선명하다. 게리 해밍은 영혼의 흰옷을 더럽히지 않았다. '죽기에 좋은 날이다', 일렬로 정렬한 미합중국 커스터 장군의 군대 앞에서 총탄의 소나기 속을 뚫고 들어가던 한 용감한 인디언의 말처럼 죽음 위에 있는 삶, 기꺼이 몰락으로 돌진하는 의젓한 인간, 그 인간이 되살아나 게리 해밍이라는 옷을 입고 말한다.

'죽음 따위는 두렵지 않다. 다만 삶의 방향을 찾지 못하는 것이 두려울 뿐이다.'

산은 나 자신을 어디까지 견뎌낼 수 있는지 묻는다. 어디까지 갈 수 있는지 어디까지 운명을 뚫어낼 수 있는지. 초인으로 번역되는 위버멘쉬Übermensch는 거창한 게 아니다. 죽음을 불사하고 기꺼이 몰락으로 빨려드는 장엄한 인간이 위버멘쉬. 순간의 영감이든, 지독한 외로움이든, 뼈를 깎는 고통이든 한 차례 사로잡힌 그 순간을 끝까지 밀고 나가는 것이다. 견뎌낼 수 있을 때까지. 그때 자기 극복은 일어나고 초인은 그 사람이 되어 현현한다.

독해야 한다. 강해야 한다. 세상이 우리를 죽일 수 없다면 우리는 더 강해진다. 자유는 끈질기게 투쟁한 인간의 전유물이다. 독한 인간만이 스스로를 해방시킨다. 끈질긴 삶에 달라붙은 월급쟁이가 월급쟁이 삶을 끊어낼 수 있고, 독한 흑인이 다수의 선한 흑인을 해방시킨다. 산에서 독한 사람이 사람을 살린다. 고집과 독함과 끈질김과 강한 의지가 없다면 나는 세상으로부터 나를 해방시킬 수 없다. 게리 해밍의 그날, 그 순간은 누구에게나 또 언젠가 온다. 그때 물러서지 마라.

6

"마요네즈를 팔아야 한다는
사실이 끔찍해서"

– 크리스 보닝턴이 마주한 메타노이아

크리스 보닝턴Chris Bonington(1934~)[8]
1975년, 에베레스트 남서벽 등반 중 하이캠프에서

삶의 가치는 그것의 불모성에 의해 측정된다. 쓸모를 위해 살아있는 생명력을 소진하지만, 자신을 밥벌이에 번제하며 스스로 태운 땔감이 우리 자신을 위해 쓰이지 않는다는 사실은 뼈아프다. 조지오 망가넬리Georgio Manganelli의 말처럼 '우리는 무익한 것에서 생명을 얻고 유익한 일을 하면서 탈진한다.' 쓸모를 위해 삶을 태우지만 그럴수록 삶의 가치는 서서히 쪼그라들고, 졸아든 삶을 다시 세우기 위해 쓸모를 향해 돌진하는 역설의 맥놀이는 우리 모두가 빠져든 세상의 부비트랩이다. 이를테면 자신의 꼬리를 물어 삼키는 뱀의 아가리, 고대 신화의 우로보로스Ouroboros적 자기모순을 안고 무한으로 순환하는 세계의 비유처럼, 난감한 것이다.

반대되고 상반되는 것들이 서로를 집어삼키며 암약하는 모순은, 늘 어거지로 살아서 너덜해진 우리 삶을 정확하게 겨냥해 조롱하는 것 같다. 이상은 무용하고 현실은 가난하다. 억만장자든 백만장자든 결핍으로 둘러싸이면 '가난'을 벗어날 수 없다. 사는 법에 관해선 약사여래 같은 처방은 없다. 그러나 운명을 바꾸는 잗다란 전환의 기회들은 있을지 모른다. 바뀔 수 있었던 운명, 벗어날 수 있었던 시시한 삶, 잡지 못한 기회에 대한 아쉬움을 늘 가지고 산다. 기회는 언제든 다시 올 거라 믿으며 누군가 옜다 던져주는 선물이 있으리라 믿으며 기대하고 수정하고 철회하며 안주한다. 아마도 그 기회는 영혼의 촉수를 동원해야 잡을 수 있을 테다. 그 전환의 기회를 붙잡는다면 그것은 폭풍처럼 내 삶을 뒤덮을 것이다.

현실과 이상, 밥과 꿈의 화해를 자신의 삶 안에 녹여내고 쓸모와 불모 사이에 놓인 인생의 난감함을 멋지게 해결한 산악인이 있다. 크리스 보닝턴 경. 스스로 정한 소명의 떨림을 얻은 뒤에는 의심하지 않고 그 길로 들어섰다.

***

그에게는 큰 결단을 내릴 두 번의 기회가 있었다. 군인으로 살 것인가, 산악인으로 살 것인가. 주저 없다. 산악인이 될 것이다. 왕립군사학교를 졸업하고 임관한 수색부대 장교직에 복무할 때 그는 전도유망한 직업 군인의 길을 포기한다. 산이 좋았기 때문에. 군인의 길을 포기하고 사회로 돌아오니 가족 건사의 막중한 임무가 부여됐다. 그리고 마지막 결단을 내린다. 직장인으로 살 것인가, 산악인으로 살 것인가. 자신과 가족의 운명을 바꿀 전환의 고민이었다.

고민이 오래 거듭되고, 불면으로 지샌 날을 셀 수 없었다. 그는 어느 날, 자신의 저 안쪽 깊은 곳에서부터 떨려오는 북소리에 공명한다. 스스로 '나'이고자 하는 내면의 짐승 같은 울음을 그저 흘려보냈다면 그는 고작 마요네즈 외판원에 지나지 않았을 테고, 거칠게 말하면 아무것도 아니게 됐을 테다. 그는 울음을 응시하고 거기에 머물렀다. 절벽에 두 다리를 흔들거리며 세상을 살고 싶었다. 세상이 그에게 요구하던 무거운 강요를 죽이고, 마지막까지 진을 내어

주는 삶을 걷어차고 생의 단명함에 가슴 떨며 살기로 한다.

유니레버 회사에서 마요네즈 외판원으로 일한 지 9개월째 되던 어느 날 오후, 영업하러 가던 길을 돌려 사무실로 돌아와 정좌하고 사표를 쓴다. 1960년대, 이제껏 없었던 '직업 산악인'이 탄생하는 순간이다.

> '남은 삶 동안 마요네즈를 팔아야 한다는 사실이 너무 끔찍하게 느껴졌다. 대신 나는 직업산악인이 되기로 결심했다. 원정대를 기획하고 조직하고 기업들로부터 협찬을 받아오는 일, 그리고 원정의 결과를 책으로 펴내고 사진을 판매하는 일 등으로 생계를 꾸려나가는 방식이다.'
>
> – 《나는 산에 오르기로 결심했다》(1966, 크리스 보닝턴),
> 《마운틴 오딧세이》(2014, 심산, 바다출판사), 209p에서 재인용

등반가에게 생계는 두려움이다. 그들은 '생활'이라는 말을 간혹 입에 담지만, 그 말이 얼마나 징글징글한 말인지 안다. 그들에게 '생활'이란 난공불락의 거벽이다. 눈 앞의 우뚝 솟아난 바위는 돌파할 수 있어도 '생활'이라는 두려움은 뚫어내기 어렵다. 크리스 보닝턴은 그 두려움과 정면으로 맞서기로 한다.

그가 선택한 길은 사람들이 가지 않은 또 다른 오지였다. 바위의 난코스를 그대로 삶의 지평으로 옮겨 뚫어내리

라 다짐한 개척의 길이었다. 사람들이 가지 않은 오지를 다른 사람에게 알려주기 위해서는 스스로 그 길로 들어서야 한다. 마찬가지로 다른 사람들이 가지 않는 길을 자신의 길로 선택한 평범한 사람은 먼저 자신의 문제를 풀 줄 알아야 한다. 그것이 자기라는 오지를 풀어가는 첫 번째 출발지다. 크리스 보닝턴은 이 수수께끼를 자신의 삶 전체를 관통하며 멋지게 풀어낸다. 그리고 그가 걸어간 길의 아름다움을 사람들에게 보여주었다.

그는 탁월했기 때문에 군 제대 직후 알프스의 벽을 섭렵한다. 물론 생계를 꾸리며. 1960년 안나푸르나 2봉(7,937미터)은 그의 첫 번째 히말라야 등반이었음에도 세계 초등 기록을 세우는 기염을 토한다. 이듬해 에베레스트 전면에 우뚝 솟은 눕체Nuptse(7,861미터) 봉을 초등한 뒤 자신의 정체성을 산악인으로 못박는다. 20세기 최고의 원정대장이라는 명성은 1970년 안나푸르나(8,091미터) 남벽 원정에 성공하며 얻게 된다. 기세를 몰아 1974년 깎아지른 난공불락의 빛나는 벽 '창가방'에 오르고 1975년에는 등반사에 길이 남을 에베레스트(8,848미터) 남서벽 등반을 성공적으로 이끌며 대영제국의 기사 작위를 받는다. 그의 등반은 역사적으로 조명할 필요가 있다.

크리스 보닝턴이 주도한 히말라야 거벽 등반은 당시의

상식으로는 생각할 수 없는 개념이었다. 1960년대 당시까지만 해도 히말라야 8,000미터급 봉우리는 피크 헌팅의 시대였다. 1964년 최후의 8,000미터, 시샤팡마(8,027미터)를 끝으로 히말라야 등정의 시대가 마무리됐으니 당시만 해도 모두가 히말라야 봉우리를 갈구하던 시기였다. 거벽 등반은 요세미티 중심으로 행해지던 고난도 등반 방식으로, 3,000미터급 봉우리가 즐비한 알프스 거벽에서는 1962년이 돼서야 겨우 적용되기 시작했다. 이런 때 크리스 보닝턴은 8,000미터에 거벽 등반 시대를 열겠다고 나선 것이다.

사람들은 그를 두고 미친 사람이라며 고개를 가로저었다. 8,000미터 거벽은 바위는 물론, 빙벽과 설벽이 혼재한다. 수직의 절벽은 고작 1,000미터의 요세미티에 비할 바 되지 않아 그 서너 배인 3,000~4,000미터 길이로 뻗어 있으며 등반 중에 맞닥뜨릴 제트기류는 사람을 허공으로 우습게 날릴 테고, 화이트아웃과 눈 폭풍의 악천후는 말할 것도 없다. 고도를 높일 때마다 맞아야 하는 고소증세까지 더하면 등반이라기보다는 죽음의 종합선물 세트였다.

크리스 보닝턴은 이 기념비적 등반을 앞두고, 자신의 직업이자 숙명이었던 '원정대장'으로서 발군의 능력을 발휘한다. 등반 중 일어날 수 있는 모든 상황을 예측하고 기록하고 대비했다. 원정대원의 선발부터 훈련의 전 과정을 진

두지휘했으며, 원정에 필요한 자금을 발로 뛰며 조달했다. 장비, 식량, 행정을 총괄하며 준비에 준비를 거듭했다. 그러나 상대는 히말라야 3대 남벽南壁 중 하나로 아무도 오르지 못한 난벽難壁이었으니, 당시만 해도 여전히 오른 사람이 없는 로체 남벽, 에베레스트 남서벽, 그리고 안나푸르나 남벽이 그것이다.

1970년 3월, 크리스 보닝턴이 이끄는 원정대는 수직 고도 3,000미터의 안나푸르나 남벽을 마주하고 섰다. 베이스 캠프에서 그들을 반긴 건 엄청난 굉음의 눈사태였다. 시커먼 아가리를 벌리고 선 크레바스를 넘어서면, 낙석이 비오듯 쏟아지는 벽을 맞닥뜨렸고 크고 작은 눈사태와 얼음사태가 수시로 몸을 쓸고 나갔다. 급변하는 상황은 상황 안에 있을 때 정확하게 파악할 수 있다. 크리스 보닝턴은 베이스 캠프에서 벽을 오르는 대원을 망원경으로 멀리 보며 진퇴를 결정하지 않았다. 그는 거벽에 대원들과 함께 붙어 시시각각의 상황을 대응해 나갔다.

4월 7일, 안나푸르나 남벽 최대 난관인 아이스 릿지를 돌파했고 4월 19일, 7,000미터 부근까지 진출하며 6캠프를 설치한다. 6캠프에서 그들은 악천후를 만난다. 6캠프에 8일 동안 머물며 눈 폭풍 속에서도 고정 로프를 설치하는 등 7캠프 구축에 사투를 벌였다. 그러나 7캠프라고 오른 곳에는 240미터로 뻗은 수직의 암·빙벽 혼합 구간이 뜻하지 않게 나타났다. 크리스 보닝턴은 과감한 돌파를 결정한다. 내려설 수도 없고 올라갈 수도 없을 때는 머리를 들이밀고 오르는 수밖에 없다. 판단은 적중했고 곡절 끝에 1970년 5월 27일, 보닝턴 대는 최초로 8,000미터 봉우리를 노멀 루트가 아닌 벽으로 오르며 히말라야 거벽 시대를 열었다.

크리스 보닝턴은 이 역사적 등반으로 그를 보고 미쳤다 말했던 이들을 조용히 잠재운다. 여세를 몰아 1972년에 한 차례 실패한 바 있는 에베레스트 남서벽에 두 번째 도전장을 내밀어 1975년, 기후마저 불안정했던 포스트 몬순기에 등반을 성공시킨다. 이로서 크리스 보닝턴 원정대는 일종의 성공의 브랜드가 되었다. 히말라야 거벽 등반은 크리스 보닝턴에 의해 하나의 스타일로 자리매김한다.

크리스 보닝턴이 보인 리더십은 직업산악인으로서 손색 없었고 원정을 다녀오고서도 쉴 틈 없이 움직여 기어코 원정보고서를 책으로 만들어냈다. 원정의 기획과 보고서 편찬의 피날레까지, 크리스 보닝턴은 그때까지 없었던 완벽한 원정의 전범典範이 되었다. 에베레스트 남서벽 등반에 최연소 대원으로 참가해 정상을 밟았던 피터 보드맨은 '크리스 보닝턴의 원정대원이 된다는 것은 젊은 산악인 모두의 꿈이었다'고 말한다.

***

글 길을 조금 돌려, 크리스 보닝턴과 전설의 산악인 피터 보드맨과 조 태스커와의 인연을 말해야겠다. 에베레스트 남서벽 원정 이후 젊은 신예 피터 보드맨Peter Boardman(1950~1982)은 자유로운 등반 스타일의 조 태스커Joe Tasker(1948~1982)와 짝을 이뤄 히말라야 난다데비 권역의 빛나는 벽 '창가방' 서벽 등반을 계획한다.

창가방이 빛나는 벽인 이유는 쌓인 만년설이 햇빛에 반사돼 붙여진 이름이 아니라, 눈부신 화강암이 청빙을 두르고 정상까지 일직선으로 솟구쳐 있기 때문이다. 오직 두 사람만으로 히말라야 거벽 등반에 나서는 이단적인 그들을 두고 크리스 보닝턴은 실패를 저울질하며 어리석다고 일갈했다. 창가방은 크리스 보닝턴이 이미 1974년에 남동릉 루트를 통해 초등했던 곳으로 서벽은 일찌감치 인간의 등반이 불가한 것으로 판단했기 때문이다.

창가방으로 떠나는 그들에게 크리스 보닝턴은 말했다. '만약 성공한다면, 그곳은 히말라야에서 가장 어려운 곳이 될 것이다.' 당시 등반계의 이단아, 피터 보드맨과 조 태스커는 보기 좋게 창가방 서벽 등반을 성공한다. 히말라야 등반 사상 최소의 장비와 최소의 인원으로 속도전을 펼친 이 광기에 젖은 등반은 그야말로 미친 일이었다. 등반을 끝내고 돌아온 이들을 크리스 보닝턴은 버선발로 뛰어나가 두 팔 벌려 환영한다.

이후 크리스 보닝턴과 피터 보드맨 그리고 조 태스커는 환상의 트리오를 이루며 각종 원정을 파죽지세로 성공시킨다. 1982년은 그래서 슬프다. 크리스 보닝턴은 이 희대의 파트너들과 당시 미등으로 남아있던 에베레스트 동북릉을 산소 없이 알파인 스타일로 시도하는 원정대를 꾸린다. 안타깝게도 이 원정에서 피터 보드맨과 조 태스커는 정상 직전 8,220미터 지점에서 동시에 실종된다. 크리스 보닝턴이 받은 충격은 컸다. 이 원정 이후로 그는 '원정대장' 직을 영원히 내려놓는다.

크리스 보닝턴을 말할 때, 직업산악인이라는 세상에 없던 직업의 개척자로만 하이라이트를 매기진 않는다. 그는 주어진 운명의 배치를 바꾼 '강한 인간'으로 알려져야 한다. 인간은 어떤 삶의 배치에 있느냐로 많은 것들이 달라진다. 세상의 직업에서 나만의 직업으로 가로지르는 일은 그 능력을 확인하려는 세상에 가로막혀 자유롭지 않다. 이 막막한 세상에서 크리스 보닝턴의 '전환'은 어떻게 살아야 하는가에 관한 질문을 환기시킨다. 우리에게 이런 회심은

▲   고대 그리스어로 meta '바꾸다', noia '생각'의 합성어. 삶의 전면적 전환의 의미로 사용한다.

가능한가? 그 메타노이아Metanoia ▲는 우리를 실패로 몰고 가는가, 성공으로 이끄는가? 크리스 보닝턴과 같은 삶의 배치전환은 우리에게도 가능할 것인가? 하고 싶은 일을 하며 살아도 죽지 않을 수 있는가? 이에 대한 힌트를 다산에서 얻는다.

삶의 의미를 아는 사람이 제일이다. 어떤 삶을 살 것인지 미리 준비되어 있다면 최고다. 그러나 무엇을 좋아하는지, 어떻게 살아야 하는지 알 수 없는 것이 인생의 노멀 루트다. 이 경로의존을 벗어나는 일은 보통 어려운 일이 아니지만, 꿈꿀 수 있는 능력만 있다면 크리스 보닝턴의 메타노이아는 가능하다고 믿는다. 크리스 보닝턴의 바람은 단순했다. 좋아하는 일을 하다 죽는 것이었고 죽음이 곧 퇴직인 삶을 사는 것이었다. 젊은 마요네즈 외판원은 하기 싫은 일을 하지 않을 권리가 무엇인지 알고 있었다. 또 무엇을 좋아하는지 알고 있었고 그 일을 하다 죽어도 좋다는 확신이 있었다.

그렇다고 처음부터 그가 그 일에 능숙한 건 아니었다. 그의 앞에는 늘 증명과 경험의 누적을 요구하는 세상이 있었다. 어찌하여 그 길에 들어선다 하더라도 다시 되돌아가는 굴욕 없이, 전환에 성공하는 일은 요원할지 모른다. 이때 오지의 길로 들어선 사람들에게 다산이 들려주는 메타노이아는 간명하다. 크리스 보닝턴의 초짜 시절과 같은 시초의 날들에 우리가 들어선다면, 이 오지의 첫발에 갈팡질팡하는 우리에게 200년 전 다산이 아들에게 하는 말을 새겨봄 직하다. 이것은 직업적 자유에 이르는 지름길인지도 모른다.

> *"네가 닭을 기르기로 했다니 좋은 일이다. 농서農書를 잘 읽어서 좋은 방법을 선택하여 실험해 보되, 색깔과 종류별로 구별해 보고, 홰를 다르게 만들어 사육관리를 특별히 해서 남의 집 닭보다 더 살찌고 더 번식하게 하며, 또 간혹 시를 지어 닭의 정경을 묘사해보도록 해라. 사물로 사물에 얹는 것, 이것이 글 읽는 사람의 양계니라. 만약 이익만 따지고 의리는 거들떠보지 않거나 기를 줄만 알고 운치는 모른 채, 부지런히 골몰하기만 하여 이웃 채마밭의 늙은이와 밤낮 다투기만 한다면 겨우 시골의 졸렬한 사람이나 하는 양계인 게다. 기왕 닭을 기른다면 모름지기 백가의 책 속에서 닭에 관한 글들을 베껴 모아 차례를 매겨 계경을 만들어보는 것도 좋겠다."*
>
> –다산, 1805년, 유배지 강진에서
> 작은아들 학유學遊에게 보낸 편지

다산은 닭이라는 오지로 들어선 아들에게 다정하게 말한다. 이 '닭'은 미지의 땅이다. 그것은 누군가에겐 작가고, 소설가며 미술가고 자동차 정비공이자 무수히 많은 사회의 첫발일 테다. 다산의 '닭'은 그 사람이 들어선 새로운 길이다.

시공간을 거슬러 크리스 보닝턴에게 견주면 다산의 '닭'은 산과 직업산악인이라는 오지였다. 이때 닭을 산으로 바꾸어도 다산의 말은 여전히 유효하다. 이어서 다산은 말한다. 각자의 오지를 휘분류취彙分類聚 하라. 자료를 모아 분류한 다음 종류에 따라 다시 한데 묶어 정리하는 것을 말한다. '뒤죽박죽으로 섞인 정보를 갈래별로 나누면 비로소 흩어진 정보들이 하나의 방향을 지시하기 시작한다. 여기까지가 휘분이다. 갈래별로 쪼개어 나눈 정보는 다시 큰 묶음으로 모아 하나의 질서 속에 편입시켜야 한다. 계통이 서서 구획이 나누어진 전체로 탈바꿈한 것이다. 이것이 유취다.'[9] 일상에 녹아들 쓸모는 휘분하고 삶에 자양분이 될 불모는 유취하라.

어쩌면 크리스 보닝턴의 직업 창조는 일과 취미가 둘이 되어서는 안 된다는 다산의 휘분류취인지도 모른다. 좋아하는 일을 아주 잘하게 되어 그 일로 밥을 먹고, 그 일로 나날이 정신적 기쁨을 얻을 수 있는 것, 밥과 존재를 일치시키는 것, 닭을 키우되 닭이 경제적 수단만이 아니라 닭의 정경을 관조하고 그 정경을 읊고, 그 일을 즐기게 되는 차원에 이르는 것, 그것은 삶의 골수가 되고 그때의 '일'은 밥벌이를 넘어 그 사람의 인생 자체가 되어 무르익는다. 크리스 보닝턴처럼. 자, 마요네즈 파는 일을 다시 생각해보자.

"목표는 서벽이었지
정상이 아니었다"

— 보이테크 쿠르티카가 역설한 알피니스트 정신

보이테크 쿠르티카(Vojtek Kurtyka(1947~)
1982년, 초오유 동계 등반 중[11]

닿는 순간 사라지는 미칠 듯한 부재不在, 한 움큼 쥔 모
래가 손가락 사이로 빠르게 빠져나가듯, 이 통탄할 상실이
모든 예술가의 비극이다. 어부가 신비롭고 영험한 물고기
를 눈앞에서 놓쳐버리듯, 영감의 단어 하나를 잡았다 싶었
을 때 시인은 기억상실증에 걸린 듯 펜을 잡은 손으로 머
리를 쥐어뜯으며 헤맨다. 사물의 핵심을 포착해 기뻤던 화
가는 하얀 캔버스에 붓을 대는 순간, 갑자기 머리가 하얘진
다. 예술가는 이 지점에서 통곡한다. 예술뿐이겠는가, 다 왔

다 싶을 때 멀어지고, 알겠다 싶을 때 혼돈에 빠지며, 다 됐다 싶을 때 그제야 두더지 게임처럼 문제들은 솟아난다. 다다르는 순간 거기서 쫓겨나는 것이 살아있는 것들의 숙명이다.

저기가 정상이라, 기를 쓰고 올랐더니 더 높은 봉우리가 앞을 가로막고, 두 다리는 힘이 풀린다. 우리가 오른 건 정상이지만, 정상이 아니었고 또 다른 정상을 위한 바닥이었으니 정상은 저 위에서 편안하게 앉아 오르는 자를 조롱한다. 정상의 부재다.

이 정상을 다스리는 법을 알았던 산악인이 하나 있었다. 눈앞의 정상을 보고 휙 뒤돌아서 내려가는 산악인이 있다면 정상은 조롱을 그칠 테다. 정상은 그를 보고 허무하여 견디지 못할 것이니 어이없는 표정으로 '뭐 저런 인간이 다 있나, 나에 대한 욕망이 없는 것인가?' 할 것이다. 바꾸어 말하면 그는 산을 우롱한 인간이라기보다는 정상주의에 매몰된 인간의 조야한 정신성을 경멸한 사람인지 모른다. 정상이라는 '숙명'을 정면으로 대항하고 끝까지 밀고 나간 사람, 보이테크 쿠르티카 이야기이다.

봉우리라는 욕망을 가슴 한편에 두고 오르는 등반가들은 어쩌면 모두가 지상으로 솟구치는 중에도 마음 한쪽에 에

우리디케를 품은 오르페우스인지 모른다. 오르페우스처럼 돌아보지 말아야 할 때, 돌아보고 싶은 욕망에 끌려다닌다. 정상을 버릴 수 없다. 산을 정복한다는 오만한 말을 더는 누구도 하지 않지만, 가슴 저 밑 어딘가에는 정복과 지배욕의 씨앗이 있다. 누구나 다 알지만, 부인하지도 인정할 수도 없다. 그러나 보이테크 쿠르티카는 철저하게 정상 욕망을 부인하고 나선 사람이다. 머리의 언어가 아니라 몸의 언어로 말한 산악인이었다.

몸의 언어는 거짓말하지 않는다. 수치스럽고 저급하며, 죄의식, 본능, 욕망, 충동에 기댄 말이므로 생채기에서 뚝뚝 떨어지는 핏방울처럼 두렵고 건드리기 싫은 말이다. 때문에 그 말은 진실에 진실하다. 제 자리가 흉방(凶方)에 있기 때문에 길방(吉方)을 비칠 수 있는 천강성처럼, 지배 욕망을 부인할 수 없는 '정복'의 예토(穢土)에서도 생생하게 살아 움직이며 '정상'을 버릴 줄 안다. 보이테크 쿠르티카, 그가 간 길은 몸의 언어고, 그의 몸은 곧 그의 언어였다.

가셔브룸 4봉(7,925미터), 사람들은 그 산이 8,000미터가 되지 않는다는 이유로 관심을 가지지 않았다. 반면 가슴에 히말라야니즘 알파인 스타일을 새긴 등반가들에게는 야망의 벽이었다. 1985년 보이테크 쿠르티카가 오르기 전까지 가셔브룸 4봉의 서벽은 누구도 오르지 못했고, 아무도 오를 수 없는 세상에서 가장 어렵고 아름다운 벽이었다. 영국, 미국, 일본 등 당대 최고의 산악인들이 여러 차례 시도했으나 번번이 실패했고 그럴수록 가셔브룸 4봉 서벽은 빛나는 경외의 대상이 되어갔다.

수직 고도 2,500미터, 어느 봉우리도 어깨에 거느리지 않고, 어떤 위성봉도 없이 홀로 우뚝 솟은 이 산의 벽 아래, 1985년 6월, 두 사람이 섰다. 폴란드 무명 산악인 보이테크 쿠르티카, 호주의 로버트 샤우어Robert Schauer이다. 그들은 자원을 총동원한 밀어붙이기식 대규모 원정이 아니었다. 최소한의 장비, 식량, 일정으로 속도 등반을 통해 6일 만에 등반을 끝낸다는, 계획으로 내로라하는 첨단 등반가들조차 혀를 내두르는 작전이었다. 쿠르티카는 속도 등반, 즉 스피드가 죽음으로부터 생명을 지켜주는 유일한 방법이라 믿고 있었던 산악인이었다.

8,000미터 급에 준하는 고산에서 2,500미터에 달하는 수직 거벽을 단 11일 만에 오른 이 등반은 현대 등반사에 가장 과감했고 획기적인 히말라야 거벽 등반으로 기록되어 있다. 불세출의 산악인 쿠르티카는 "등반가들이 8,000미터 정상을 고집하는 이유를 알 수 없다. 등반 가치가 훌륭한 산인데도 높이가 낮다고 해서 등반을 기피하는 것은 히말라야 등반의 질을 낮출 뿐이다[12]"고 말했고, 그 신념을

증명할 등반으로 선택한 곳이 바로 당대 산악 일진들의 선망의 대상, 가셔브룸 4봉 서벽이었다.

1985년 6월, 쿠르티카와 샤우어는 대망의 서벽 등반을 시작했다. 듣던 대로 서벽은 만만치 않았다. 생각했던 것보다 암질은 좋지 않았고, 낙석 사태가 수시로 일어났으며 벽에는 피톤을 때려 박을 틈조차 없었다. 추락할 경우 확보할 수 있는 수단이 없으니 두 사람은 프리 솔로 방식으로 히말라야 거벽을 등반할 수밖에 없었다. 만에 하나의 실수로 추락한다면 곧바로 사망하는 위험천만한 등반이다.

준비했던 식량은 단 5일 치, 준비한 식량이 바닥난 6일째까지 험난한 등반이 계속됐다. 더는 먹을 게 없고 마실 것도 남아있지 않았지만, 겨우 가셔브룸 서벽의 중단을 조금 넘어섰을 뿐이었다. 두 사람은 사력을 다했으나 탈진이 진행돼 입술에 시커먼 껍데기가 일어날 정도였다. 죽는 게 오히려 편한 상황에 맞닥뜨리고 있었으며 의식은 희미해져 갔다. 까마득한 저 아래는 죽음이 아가리를 벌린 듯했고 꺼져가는 의식에 한 발만 잘못 디뎌도 그 아가리 속으로 빨려 들어갈 듯 죽음이라는 공포가 시시각각 덮쳐왔다. 훗날 그는 이 등반에서 죽음을 제대로 이해했다고 말했다.

돌풍이 부는 거벽의 한중간에서 환청과 환각에 시달리며

벽을 올랐다. 벽에서 열흘을 보냈다. 6,900미터에서 2번, 7,000미터 이상에서 7번의 비바크Biwak▲를 했다. 먹지 못하고 물조차 마시지 못한 채 그들은 말 그대로 마지막 힘을 쥐어짜며 마침내 서벽을 완벽하게 마무리한다.

그때였다. 죽음도 불사한 등반을 완성하고자 했다면 백 미터도 되지 않는 곧게 뻗은 설릉雪稜을 걸어가는 것이 어려웠을 리가 없었다. 그 어렵다는 가셔브룸 4봉 서벽에 새로운 길을 뚫어내고 세기의 등반을 완벽하게 마침표 찍기 위해선 정상 등정까지 완료하는 것이 상식이었다. 정상까지는 무난한 능선으로 연결된 짧은 길이었으니 말이다. 당시 정황상 눈앞에 수십 미터만 걸으면 도착하는 정상을 두고 그들은 냉정하게 돌아서 하산한다. '우리의 목표는 서벽이었지 정상이 아니었다.'

정상을 눈앞에 보고도 단호하게 돌아섰던 쿠르티카와 샤우어, 그들의 극한 등반은 정상이라는 조건 없이도 완성된다고 믿었다. 산악 후진국 폴란드의 무명 산악인에 불과했던 쿠르티카라는 이름은 이 등반을 계기로 머메리 이후 최고의 알파인 스타일을 구현한 산악인으로 평가된다.

▲　산의 지형지물을 이용해 야영지를 만들고 하룻밤을 보내는 일.

***

산을 오르는 등반가의 이상을 인물사적 변천의 입장에서 살펴보면, 19세기 후반 머메리는 '정상주의'에 매몰된 고정관념을 없앤 첫 사람이다. 20세기 초 이탈리아 산악인 에밀리오 코미치 디마이emilio comici dimai(1901~1940)는 디렉티시마 즉 최초의 직등주의를 주장하며 등반계의 새 장을 연다. 그는 '거벽의 정상에서 돌을 떨구면 그 선이 내가 등반하는 길'이라 말하며 1933년 돌로미테 치마그란데cima grande 북벽(2,998미터)을 일직선의 아름다운 등반선線을 그리며 2박 3일 만에 디렉티시마로 초등한다. 이것이 현대등반의 시초가 되며 리카르도 카신, 로열 로빈스 등이 거벽 등반의 계보를 잇는다.

쿠르티카가 처음 구현한 히말라야니즘 알파인 스타일, 즉 히말라야의 거벽을 속도 등반하며 셰르파 도움 없이 최소의 장비로 최단기간 등반하는 방식은 기존의 등반 개념과는 또 다른 한 챕터였다. 극한에 극한을 더한 등반으로 인간의 한계를 최정점에서 뛰어넘으려는 시도다. 알피니즘은 '정상'에서 시작해 '더 어렵고 힘든 루트'로 이어지고 디렉티시마 직등주의와 히말라야 알파인 스타일에까지 이른다. 여기에 더해 보이테크 쿠르티카는 정상에 대한 단 하나의 미련조차 매정하게 끊어버린 일종의 구도적 등반까지 추구했으니 알피니즘 진화進化의 정점이라 할 만하다.

'나는 등반에도 동양적인 어떤 도道가 있으리라 믿는다.
제 등반 역정은 곧 그것을 찾는 과정이었다.'

쿠르티카의 등반과 삶을 그린 《Art of Freedom》(버나뎃
맥도널드, 2018)에서 그의 또 다른 면면을 살펴볼 수 있
다. 황금피켈상은 전 세계 산악인의 오스카상이다. 이 상
은 한 해 동안 가장 대담하고 혁신적인 알파인 등반에 수여
하는 상으로 이 상의 심사위원으로 위촉받은 보이테크 쿠
르티카는 정중하게 고사하며 말한다. '상과 영예라는 것은
무엇인가, 진정으로 예술이 끝나는 곳은 과연 어디인가?
등반은 클라이머의 육체적이고 정신적인 행복과 지혜를
키워주지만, 상과 영예는 클라이머의 허영심과 이기심만
키워줄 뿐이라고 나는 믿는다. 이와 같은 게임에 몰입하게
되면 클라이머는 위험에 빠진다'.

그는 1984년, 모두가 불가능하다고 했던 브로드피크 북
봉(7,490미터) - 중앙봉(8,011미터) - 주봉(8,051미터)을
잇는 히말라야 종주 신루트를 예지 쿠크츠카와 함께 알파
인 스타일로 트래버스Traverse▲한다. 사람들은 만약 쿠르티카
라면 라인홀트 메스너를 앞질러 당시 히말라야 14좌 피크
등정 레이스를 가장 먼저 완성할 수 있는 산악인으로 믿었
다. 그러나 그는 '봉우리 사냥은 감정을 좀 먹는 행위고, 등

▲   수평 등반. 옆으로 이동하며 등반하는 것.

산이 사냥하고자 하는 욕망에 휩싸이게 되는 신호'라 말하며 피크 헌팅과 정상에 대해서만큼은 단호했다. 등산이 경쟁이 되는 상황에서 이 주제를 놓고 라인홀트 메스너와의 논쟁도 불사했다.

1978년 창가방 남벽을 등반하는 보이테크 쿠르티카[13]

등반가라는 존재의 이데아가 있다면 그것은 쿠르티카일 거라고 조심스레 예감한다. 그는 정상이라는 목적은 중요하지 않은 것으로 단언한 뒤, 그렇다면 어떤 등반을 하며 오를 것인가를 끊임없이 고민한 등반가다. 죽지 않고 살아서 전완근의 마지막 힘줄이 다할 때까지 오르는 자, 죽음에 대항하고 세계와 싸우며 통념에 반항하는 마지막 호모 사피엔스.

그렇다고 훌륭하다거나 고상하다거나 젠체하지 않는 사람이므로 이 세상 잘난 인간들도 모두 하는 고민, 산을 내려오면 먹을 것을 찾는 인간. 그러나 그렇지만, 그럼에도 불구하고 산 아래의 월요일이라는 사태를 걱정하지 않고, 분명 이따위로 살려고 밥을 축내고 있진 않을 텐데 하는 자각도 않고, 일상에 쫓아 두려움에 떨지 않고, 아직 자신의 길을 찾지 못한 것을 자책하지 않고, 가련한 안락을 즐기다 겁마저 많아진 인간을 보고 비웃지만, 시시한 인간이 될 수 없고 볼품없는 인간이 되지도 않는 것, 그것이 알피니스트 스피릿이라 말하는 인간. 보이테크 쿠르티카, 등반가의 에이도스_eidos_다.

나는 방랑자이며 산을 오르는 자다. 나는 평지를 사랑하지 않는다. 네게 아직 말이 운명과 체험으로 다가오는 자기 에는 방랑과 등산만이 있을 뿐이다. 인간은 결국 오직 자기 자신만을 체험할 뿐이다.

— 니체, 《차라투스트라는 이렇게 말했다Also sprach Zarathustra》 중에서

Part 2

삶을 읽다

1

"알피니즘"

– 오를 수밖에 없는 인간의 정신성

프랑스 샤모니에 있는 자크 발마와 미셸 빠꺄르의 동상.
자크 발마의 오른 손이 몽블랑 정상을 가리키고 있다.

프랑스어 남성 명사 'Alpinisme〔알피니슴〕'은 '등산'이라는 의미다. 그 안에 이데올로기 같은 이념이나 주의主義의 의미가 표면적으로는 없다. 같은 의미의 등산을 뜻하는 프랑스어 단어 'Randonnée〔헝도네〕'는 주로 하이킹, 트레킹 등의 의미로 구분되어 사용되고, 'Escalades〔에스꺌라드〕'는 바위나 벽, 울타리, 사다리, 등을 오르는 행위를 지칭하는 명사로 영어의 'Climbing'과 활용 폭에서 유사하다.

'Alpinisme'은 넓은 의미에서 'Randonnée'와 'Escalades'와 같이 '산을 오르는 행위' 전반을 지칭한다고 말할 수 있지만, 사람들은 언덕이나 낮은 산을 오를 땐 'Alpinisme'이라 말하지 않는다. 이 용어는 일정 수준 이상의 높이▲와 위험 부담이 있는 산을 오를 때 쓴다. 세계 최초의 등산대학교이자 알프스 고산 가이드의 산실인 프랑스 국립스키등산학교의 명칭-ENSA, Ecole National de Ski et d'Alpinisme이 그 예다.▲▲

영어의 이데올로기 접미사 '-ism'은 프랑스어 명사형 접미사 '-isme'에서 왔지만, 용처와 의미는 조금씩 다르다. 말과 단어의 사용은 그 단어를 사용하는 언어 대중의 역사적, 사회적 맥락이 녹아들며 변하므로 처음의 뜻에 덧대지거나 더러는 벗어나 사용되기도 한다. Alpinisme이라는 용어 또한 사용하는 주체에 따라 등산이라는 본래의 뜻을 넘어 'Futurisme(미래파)', 'Indivisualisme(개인주의)', 'Communisme(공산주의)' 같은 단어와 마찬가지로 현대에 들어서, 그리고 언어를 수입하는 과정에서 그 안에 일종의 이데올로기를 품게 됐다. 더 높은 곳, 더 어려운 곳을 향하는 등반가들의 이상향, 이데아 같은 이데올로기 의식 같은 것이 단어 안에 서식한다는 사실을 부인할 수 없다.

▲　보통 유럽 알프스 3,000미터 이상의 준봉으로 거칠게 재단하기도 한다.
▲▲　프랑스 문화부의 설명에 따르면 '알피니즘은 적합한 기술과 장비 및 도구를 사용해 자신의 물리적, 기술적, 지적 능력에 의해 모든 계절에 걸쳐 바위 또는 빙하 지형에서 높은 산과 벽을 등반하는 기술'이라고 정의되어 있다. (출처: 마운틴저널, '머메리즘의 기원에 대하여' 2019.08.12.일자 칼럼.)

그리하여 알피니즘을 말하기 전에 '이데올로기'라는 바닥부터 파헤쳐본다. 진리라 믿는 의식이 정당성을 찾아다니다 발견하는 것이 데이터다. 이데올로기는 인간의 객관성과 가치 일반, 개념에서 출발해 세계에서 찾아낸 환상 구조다. 실체 없는 환상이 개념 체계로서 모습을 갖추면 이데올로기가 되고 이데올로기는 그것을 진리라 믿는 인간들에게 본격적인 의식으로 작용한다.

이를 테면, 애국심, 학구열, 군인정신 같이 만질 수 없고 보이지 않지만, 엄연히 있다고 믿고, 인식을 같이 하는 인간들에게만 존재하는 것, 그런 무수한 믿음들이 이데올로기의 작은 형태다. 조금 더 파헤치면, 가라타니 고진柄谷行人이 '진리는 객관적인 데이터에 의해 확립되는 것이 아니다. 반대로 그것을 진리로 삼는 인식론적 패러다임이 데이터를 발견한다. 따라서 이데올로기란 진리의식이다.'라고 말할 때 이미 니체가 품었던 문제의식, 즉 '무엇이 말해지고 있는가'가 아니라 '누가 말하고 있는가'를 포함한다.

이 문제의식을 그대로 '알피니즘'에 겹쳐보자. 용어의 태생적인 환경이 18세기 유럽, 그것도 대혁명 직전의 프랑스임을 생각하면 알피니즘이라는 이데올로기의 발언 주체는 17세기 과학 문명을 발전시켜온 '근대 유럽인'이라 할 수 있다.

그들은 누구인가? 인류 최초로 인간 존재를 우주적 자연 앞에 놓고 당당하게 '과and'를 써서 인간'과' 자연을 같은 레벨의 동류항에 넣기 시작한 사람들이다. 산업혁명과 프랑스 대혁명의 이중 혁명을 거치면서 자연과학의 힘과 정치적 자신감으로 넘쳐나던 때다. 항해 기술의 발달과 위력적인 살상 무기로 전 세계를 누비며 식민지 복속을 이어가던 때였고, 대서양 삼각무역을 통해 인간이 인간을 상품으로 만들고, 피와 불로 쓰인 시초 축적기의 '자본'으로 역사상 유례없는 생산력을 가진 오만한 인간들이 탄생했던 시기였다.

그들의 충혈된 시선이 천천히 산으로 옮아간다 생각해보라. 우뚝 서 있는 산은 이전과 다르지 않지만, 산을 향하는 주체, 인간의 생각은 변했다. 신처럼 거대했고 범접할 수 없었던 산은 그때부터 정복의 대상이 된다. 알피니즘이라는 이데올로기는 이 시대에 태어났다. 이제 인간은 그들 눈 앞에 우뚝 서 있는 산에 경배하는 대신 산꼭대기를 향해 주먹을 내민 것이다.

***

근대의 '등산'은 유럽 알프스에서 시작됐다. 알피니즘이란 말도 '알프스Des Alpe'에서 탄생했다. 시초는 1786년 알프스 최고봉, 몽블랑Mont Blanc▲(4,807미터)을 프랑스의 미셀

빠꺄르와 자크 발마가 오르면서 시작된다. 실제 그들의 몽블랑 초등은 당시 탐험가였던 오라스 베네딕트 드 소쉬르가 내건 상금을 타는 게 목적이었다. 몽블랑 초등 이듬해인 1787년, 드 소쉬르 자신도 이 산을 오르며 빙하 연구 등 학술적인 기록을 인정받아 알피니즘의 효시로 등극한다. 프랑스 산악마을 샤모니에 가면 여전히 이들의 동상이 몽블랑 정상을 바라보고 있다.

이후 알피니즘은 시대가 변하며 다양한 의미로 해석됐다. 인간은 더 높은 산으로 향했고 여전히 산을 정복의 대상으로 바라봤다. 히말라야의 높은 산들이 국가주의의 각축장으로 변질될 때 산은 그대로였지만 알피니즘 이데올로기는 극에 달했다. 그때의 알피니즘은 높은 산이었다. 뒤늦게, 산이 더는 정복의 대상이 아닌 것이 됐을 때 알피니즘은 오르는 행위 자체를 의미했다.

이후 시대가 지나며 얼마나 빠르게 오르느냐, 얼마나 어려운 길로 오르느냐, 얼마나 극한의 등반을 추구했는가에 알피니즘 해석에 대한 방점이 찍히기도 했다. 지구상에 미답봉이 거의 없어진 근래에는 높이보다는 자연의 불확실성에 맞서는 인간의 태도, 즉 한계 극복을 추구하는 의미로 읽히고 있다.

▲   프랑스어로 'Montagne'는 산, 'Blanc' 흰이라는 뜻이므로, '흰 산'이라는 의미이다.

그러나 여전히 알피니즘의 해석은 산을 오르는 사람만큼 다양하다. 그것은 '무엇이 말해지고 있는가'가 아니라 '누가 말하고 있는가'이기 때문이다. 산이 알피니즘이라는 이데올로기에 갇혀 있을 때, 산을 오르는 인간은 '등반 가치' 같은 것들을 따지며 산과 또는 산을 오르는 행위에 의미를 덧씌우려는 수고를 멈추지 않을 테다. 산에 세속적 가치와 의미 부여의 노력을 계속 하는 한 영원히 부자유를 극복하지 못할 텐데, 그 부자유는 언어가 만들어내는 것이고 인간은 산을 오르고 있지만 언어에 갇혀 오르지 못하는 꼴이 될 것이다.

삶의 중심을 삶 속에 두지 않고 오히려 피안에, 무無에 옮겨 놓는다면 이는 실로 삶에서 그 중심을 박탈해 버리는 것이 된다. 마찬가지로 산을, 그 안에 무언가 있을 거라는 의식과 진리의 대상으로 삼는다면 침묵으로 일관하는 산에 영원히 접근하기 어렵다. 산은 이 세계와 무관하고, 산은 나와 무관하다.

산은 이렇고 또 산은 저렇다는 식의 난삽한 분별을 떠난 자리, 즉 나와 무관한 자리에 놓고 의식이 사라진 곳으로 간다면 그때 산은 여여如如하게 제 몸을 보여줄 것이다. 그때 알피니즘은 죽을 수밖에 없는 인간의 육체로, 오를 수밖에 없는 인간의 정신성을 찾아내는 것이 될 테고, 알피니스트는 스스로를 자유롭게 하는 것에 성공한 자들이 될 테다.

2

"알피니스트"

– 첨단을 향하는 사람들의 인간학

멀리 있는 악우岳友가 안부를 물어왔다. 가까이에서 함께 할 수 없음을 한탄하며, '잘 있는가'를 서로가 연발한다. 오래 붙들고 있던 전화를 끊은 뒤 나도 모르게 나오는 긴 한숨 끝에 그가 문득 산 같다는 생각이 들었다. 산이라는 건 분명 지리학적 특성을 가진 높이의 개념일 텐데 이상하게도 거길 오르고 내려서고 다시 오르는 무수한 과정에 사람이 개입하면서 산은 인간의 마음과 닿아 있는 또 다른 하나의 큰 사람임을 알게 된다. 그 산을 제집처럼 드나드는 어느 순간, 그는 산이 거인처럼 자신 앞에 일어서는 광경을 보게 될 것이다. 이렇듯 산과 닿은 인간이 알피니스트다.

> 알피니스트는 일반적으로 등산가를 의미하며, 마운티니어(mountaineer)와 같은 뜻이다. 등산이 유럽 알프스에서 시작했기 때문에 이런 말이 나와서 일반화했다. 알피니즘을 실천하기 위해 높고 험난한 산을 대상으로 모험적인 도전을 하는 등산가를 의미하며, 등산이 알프스를 중심으로 발달한 데서 생긴 용어다.
>
> – 이용대, 《등산상식사전》

그들은 세상의 모든 길은 끊어지지 않는다고 생각한다. '길은 끊긴 것이 아니다. 다만 엉켜 있고 돌이킬 수 없을 만큼 엉켜 있을 뿐'이라고 말할 때 알피니스트가 생각하는 길의 의미는 중첩된다. 산의 길이든 인생의 길이든, 길은 이어지고 끊어지지 않는다는 사유방식을 따른다. 다만 끝까지 간다거나, 잘 가고 있다거나, 길을 찾았다는 동사는 쓸 수 없다. 왜냐하면 길은 끝인지, 잘 가고 있는지, 찾았는지 알 수 없을 만큼 엉켜 있기 때문이다. 가던 길을 멈출 수는 있다. 그러나 알피니스트에게 가던 길을 멈춘 사태는 죽음을 맞이하거나 가기를 포기한 경우다. 산은 언젠가 엉켜 있는 내 길을 풀어줄 거라 믿는다.

일상이라는 것이 존재를 갉아먹는 중에 우리의 허벅지 근육은 얇아지고 화는 늘어난다. 자식들은 그 와중에 잘도 커가고 벌려 놓은 살림은 구질구질하다. 잡동사니들은 제자리를 찾지 못할 만큼 여기저기 흩어져 나를 비웃는다. 찾아오는 사람은 갈수록 뜸하고, 찾아가는 사람도 점점 없어진다. 스승은 없고 친구는 멀다. 불안과 걱정은 쌓여 가는데 붉은 해는 잘도 뜬다. 아, 불안이 삶의 핵심이다. 불안을 껴안고 죽으면 불안은 사라지겠지만, 삶은 끝까지 부릅뜬 눈으로 이어가야 하는 것이다. 살기 위해선 불안을 달고 살 수밖에 없으니 불안은 삶의 핵심이다. 불안한 삶과 세상에서 끊어지지 않는 길을 가야 하는 알피니스트는 난처하다.

알겠다. 알피니스트에게 불안은, 사람 같은 산과 분리

되어 있다는 사실과 산과 같은 사람과 멀어졌다는 사실에서 온다. 마침내 알피니스트는 산과 한 몸이 되어 섞일 날을 찾아 나서는 수밖에 없는 것이다. '더 살 수 없는 곳에서 용케 살아가는 것은 자신의 불만족에 대해서조차 만족하기 때문'이다. 대견하지 않은가, 만족하지 않고 불안을 껴안고 살았다니. 그러다 도저히 안 되면, 기다림이 오래되면 나지막이 '나는 아무래도 산으로 가야겠다'고 속삭이며 산으로 가는 사람이다.

공기가 희박한 높은 산을 오를 때 내 심장은 이 세상 심장이 아니다. 벌써 수 시간째 어깨를 짓누르는 무거운 배낭은 무게를 잊게 하고, 찌릿찌릿 저려오는 팔은 더는 자신의 팔이 아니다. 핏기가 빠진 다리는 일찌감치 감각을 잃어버리고 무심하게 걸음을 반복하는 기계 같다. 살아있던 감각들이 느껴지지 않고, '나'라고 알고 있던 것들이 죄다 나를 벗어나 버리는 것, 등반의 또 다른 이름은 자기외화自己外化다. 모든 이가 산으로 들어서면 일상에서의 자신이 아닌, '알피니스트'라는 자기외화를 경험한다.

***

알피니스트라는 자기외화의 인간류에 관해 조금 더 깊이 들여다보고 싶다. 세상에서 자신의 모습을 본 사람은 없다.

다만 봤다면 거울과 사진, 그리고 영상으로 자신의 모습을 비춰 봤을 뿐이다. 그것은 자신의 모습을 직접 본 게 아니라 상에 맺힌 자신의 모습을 매체를 통해 간접적으로 보는 것에 지나지 않는다. 나의 눈으로 나의 모습을 보는 것은 불가능하다. 그러므로 우리는 태어나 죽을 때까지 한 번도 자신을 맨눈으로 보지 못하고 죽는다.

그렇지만 거울과 사진으로 보는 나는 나의 모습이 맞다. 거울과 사진은 이 시차視差를 극복한 것처럼 보인다. 볼 수 없는 것을 본 것 같은 이 강한 시차가 자기외화의 요체다. 그것은 단순한 역지사지의 교훈적 사설이 아니라 사물 자체가 자신으로부터 빠져나온 완전한 타자他者로 대하는 자세다. 그렇다, 자기외화는 자신을 타자로 대하는 방식이다. 이 시선을 가진 자는 편안하다. 자신으로부터 자신을 빼내 자신을 바라보는 세계는 모두가 자신으로 보인다. 마찬가지로 모두가 자신 아닌 것으로 보이게 되니 나를 잊는 게 아니라 내가 없어지는 무화無化의 세계다. 산을 오른 자가 경이로운 설산의 바다를 보고 그것과 하나 되는 감정을 느끼거나, 뛰어내려 죽어도 좋다는 생각을 가지게 되는 것은 그것과 하나 되는 무화의 세계의 문지방을 경험한 것이다.

시방세계를 둘러봐도 얼어붙은 눈밭뿐인 설산에서 심장

▲   하나의 물체를 서로 다른 두 지점에서 보았을 때 방향의 차이. 여기서는 자신을 볼 수 없는 자신의 시선을 비유한다.

과 다리와 팔이 나를 빠져나와 나 아닌 것이 되는 경이로움은 자기 스스로 미물이 되는 자기외화의 시선이다. 쌔빠지게 산에 오른 자, 그대는 나 아닌 나를 스스로 만들어내고 자신의 시선으로 자신을 본 유일무이한 인간이다. 알피니스트는 무無라는 강한 시차를 가진 인간이다. 저 하얀 능선에 붉은 배낭을 메고 홀로 걷는 사람, 시간이 상처 입힐 수 없는 사람이니, 이 세계의 무의미와 싸워 이긴 인간이다.

***

한 주간의 겹치고 쌓인 억울抑鬱의 상태에서 설악을 생각한다. 아, 지금쯤 오세암의 양지쪽엔 곰취나물이 얼마나 널렸을까. 양폭 아래 산 다래는 얼마나 구성지게 영글었을까. 가야동의 다람쥐는 또 얼마나 토실하게 살이 올랐을까. 내가 세운 희운각 아래 케른cairn ▲ 은 지금쯤 사늘한 골짜기에 혼자 서서 화려한 여름, 나와의 재회를 기다리고 있겠지. 천화대 끄트머리 왕관봉에 흘린 내 땀은 말랐을까. 석주길 칼날 암봉을 넘나들던 안개는 그날 내가 불러 젖혔던 노래를 메아리로 머금고 있을까.

바위 오를 때 생각했었다. 사지를 바위에 착 붙이고 몸뚱어리 떨어질까 걱정하는 꼴이 내가 사는 비루한 삶의 눈물

▲　길이 모호한 곳에서 방향을 표시하기 위해 쌓은 돌무더기.

겨움과 다를 것이 없다고. 장군봉 옆 붉게 솟은 적벽을 오를 땐, 승모근과 전완근에 전해지는 혈류가 쌓이는 젖산을 막으려 안간힘을 쓰는 마이크로 세계의 눈물겨움이 내 삶에 그대로 포개어진다. 그러나 나는 그 눈물겨움에도 꿋꿋하다. 제 고통의 업식이 무언지도 모른 채 가끔씩은 뜬금없이 행복해하기도 한다. 중력을 배반하고 있다는 일탈의 기쁨, 오르다 솜다리(에델바이스)를 만나는, 우연에 기댄 기쁨처럼.

무릇 조건 지어진 것들의 삶은 슬프다. 슬픔을 이기지 못할 때 설악에 들어서면 설악은 와락 나를 껴안는다. 아무도 보아주지 않는 척박함에 뿌리내리는 나를, 자신이 품고 있는 바위와 솜다리와 같이 한 치의 차별도 하지 않고 나를 껴안는다. 설악의 바위를 오르다 팔뚝에 힘이 떨어져 동백같이 힘을 놓아버릴 때까지. 딱딱해진 전완근이 힘을 다할 때, 추락을 앞두고 머리 위를 지나는 천정의 바위를 본다. 우주처럼 한정 없다. 절벽 밑으로 늘어진 자일을 본다. 허공에 흔들리는 모습이 이토록 자유로울 수 있는가. 아, 떨어진다.

"앙카!"

추락을 피할 수 없다고 생각하는 순간 '죽음의 지대'로 들어가는 천국의 빛으로 가득하리라, 떨어지는 몇 초간은 귀청을 때리는 침묵 속에 아름다운 음악 한 줄 흐르리라. 그리고 바위 꼭대기에 기어코 올라 350미터를 수직으로 뻗은 벽을 한갓 꿈처럼 내려다본다. 오르기 전의 두려움은 이제 피투성이가 된 손가락에 고스란히 옮겨갔다. 땟물과 피가 섞여 있는 손이 덜덜대며 떨고 있다. 찢어진 손톱 밑을 애써 무시하고 무릎을 엑스자로 껴안는다. 멀리 화채능선에 깔리는 장밋빛 노을에서 시선을 떼지 못한다.

'누가 일러 산 사나이를 리얼리스트라 부르던가. 그가 설령 빈틈없는 계획을 짜내고 장비의 무게와 지도상의 거리를 측정하고 계산하며 실제적인 모든 준비를 갖추어 미지의 꿈을 현실화해내는 용의주도한 실무가라 할지라도 그를 그렇게 몰아가는 근본 동기는 바로 이 그리움이며 설렘이 시키는 것이니 그럴 수만 있다면 한번 그의 가슴의 문을 열어 보라. 몽몽한 김이 서리는 활화산일 것이 분명하다. 알고 보면 바위 꾼은 타고난 로맨티스트임에 틀림없는 것이다'

나는 고故 김장호 시인이 존 메이스필드의 시 '바다에의 열병sea fever'을 산으로 바꾸어 쓴 시를 좋아한다. 그의 희문 혹은 페러디에 내 산을 향한 그리움이 고스란히 묻어 있다.

나는 아무래도 산으로 가야겠다.
그 외로운 봉우리와 하늘로 가야겠다.
묵직한 등산화 한 켤레와 피켈과 바람의 노래와 흔들리는
질긴 자일만 있으면 그만이다.
산허리에 깔리는 장밋빛 노을과 동트는
잿빛 아침만 있으면 그만이다.

나는 아무래도 다시 산으로 가야겠다.
혹은 거칠게, 혹은 맑게, 내가 싫다고는 말 못 할
그런 목소리로 저 바람 소리가 나를 부른다.
흰 구름 떠도는 바람 부는 날이면 된다.
그리고 눈보라 속에 오히려 따스한
천막 한 동과 발에 맞는 아이젠,
담배 한 가치만 있으면 그만이다.

나는 아무래도 다시 산으로 가야겠다.
칼날 같은 바람이 부는 곳,
들새가 가는 길, 표범이 가는 길로 나도 가야겠다.
껄껄대는 산 사나이들의 신나는 얘기와 그리고
기나긴 눈벼랑 길이 다하고 난 뒤의
깊은 잠과 달콤한 꿈만 있으면 그만이다.

— 김장호, 〈나는 아무래도 산으로 가야겠다〉, 전문

그러니 세상이 나를 작아지게 만들어도 그럴수록 높은 곳을 봐야 한다. 높은 곳은 어디인가? 산의 꼭대기인가, 조직의 사다리 맨 윗자리인가, 일인지하 만인지상의 관료 끝머리인가? 아니다. 그런 곳들은 내가 죽어도 누군가가 끊임없이 오르고 다시 내려오고 또 누군가 오를 수 있는 맥빠진 영원의 자리다. 생명의 자리, 화끈한 자리가 아니다. 삶의 알피니스트들이 지향하는 첨단은 그저 '높은 곳'이 아니라 우리 자신의 꿈이다. 각자의 꿈이 실현되는 자리다.

직선으로는 닿을 수 없는 곳, 내가 아니면 그 누구도 이를 수 없는 곳, 애를 쓰고도 이르지 못할 수도 있고, 바로 눈앞에 보이지만 여지없이 둘러 가야 할 때도 있는 곳이다. 내 마음속에 그곳이 있는가? 내가 기어이 이르고 싶은 나의 모습이 있는가?

***

니체는 '선악의 저편' 말미에 높은 곳, 첨단에서 '내'가 기다리고 있다고 말한다. 그곳 정상에서 황금으로 만든 탁자에 천연이 앉아 '나'는 나를 기다린다는 알 듯 말 듯 한 암호 같은 시로 책을 끝맺는다.

알베르 카뮈는 '니체의 정상'을 두고 삶을 온전히 느끼며, 몰락을 두려워하지 않고 기꺼이 자신을 던진 자만이 닿을 수 있는 곳이라 했다. 무던히 담금질을 해야 이를 수 있고, 삶을 남김없이 다 산 뒤라야 닿을 수 있다고 해석했다. 이것은 일종의 이상적 자기 모습을 상정하는 일이면서 미래로 먼저 가본 뒤 다시 돌아온 자의 삶의 자세를 설명하는 것 같다. 자기 혁명의 변화경영사상가 구본형은 꿈을 찾아내는 방법론으로 자기 미래 10년 뒤로 날아가 앞으로 일어날 '10가지 아름다운 풍광'을 묘사하라는 명령으로 가장 까다로운 암호인 '나'를 해독하는 실마리를 얻는다. 그는

'미리 본 나'를 떨리는 나침반 끝이 지향하는 북극성으로 비유한다.

높은 정상에서 황금 탁자에 앉아 나를 기다리는 니체의 '나'는 카뮈의 '다 사는 것'이고, 구본형의 '북극성'이다. 이로써 지금의 나는 북극성이라는 가능태의 현실태가 된다. 가능태는 언젠가 현실태가 될 수밖에 없고, 현실태는 가능태의 실현이므로 둘은 다르지 않다. 그러나 다르다. 정상의 나와 지금의 나는 같은 나지만, 엄연히 다른 것처럼. 그러니까 삶은 나로부터 시작해 결국 나로 옮아가는 자기 경멸, 자기 살해, 자기 극복의 과정이다. 이 과정의 총체적 요약이 어떻게든 '다 사는 것'이고, 이른바 삶을 꼭 붙들고 삶 속에서 자신을 구하는 자기 구원의 메커니즘이다.

우리는 북극성에 닿을 수 없다. 하지만 북극성은 나침반의 끝을 떨리게 한다. 닿을 수 없지만 내 삶을 떨리게 만드는 북극성 하나를 삶에 상정하는 일은 지루한 삶을 중단시킨다. 계획은 사무적이고 목표는 가깝고 목적은 전략적이다. 꿈은 어떤가, 손에 잡히진 않지만, 가슴 뛰게 만든다. 주위 사람들은 말도 안 되는 얘기라며 흘려듣거나 웃음거리로 여기는 첨단 하나를 간직한 나는 월납 백만 원짜리 보험보다 든든하다. 삶은 나침반 바늘처럼 부들거리며 끊임없이 흔들리지만, 그 끝은 오직 꿈으로만 향한다. 비록 우리는 땅을 기어 다니는 수평의 삶을 죽을 때까지 버리지 못하겠지만 수직의 첨단을 향하는 꿈은 아무도 말릴 수 없다.

평범한 사람이 어느 날 어느 순간 거북목을 꼿꼿이 그리고 척추도 천천히 세워 첨단을 바라본다. 오래된 서류 가방을 스스로 던지고 피켈로 바꾸어 잡는다. 잘 차려진 밥상 대신에 거친 코펠 밥을 나누어 먹고 죽지 않기 위해 필요한 것들만 넣은 단출한 배낭을 둘러매고 바람이 부는 방향을 향해 고개를 든다. 알피니스트의 갈기 같은 머리가 휘날린다. 첨단에 이를 수 있을지는 모르겠지만, 비로소 삶은 우리를 떨리게 한다.

3

"산과 밥벌이"

　무용함은 쓸모의 세상에서 쓸모없음을 가치로 만드는 무기다. 무용함은 하늘을 빙빙 도는 가공할 폭격기 같은 돈의 세상을 지대공 기관총 따위로 위협할 수밖에 없는 초라한 인문학의 유일한 무기다. 이길 수 없는 것이다. 이길 수 있다고 생각하는 사람들과 이기는 편에 살짝 발을 얹으려는 사람들 속에서 주식투자 하지 않고, 억지로 일하지 않을 자유를 누리고, 퇴근시간 칼같이 지켜가며 살기란 여간 힘든 일이 아니다. 그렇지만, 이길 수 없다는 절망은 이기려는 무모함을 애초에 막을 수는 있다. 더는 모으려 하지 않고, 시키는 일에 목숨 걸지 않고, 꼬박꼬박 칼퇴해가며 세상으로부터의 훼손을 막아내는 것, 자기파괴에서 자기수성으로 가는 것이다.

　경쟁과 쓸모가 제1원리가 된 이 사회에서 경쟁과 쓸모에서 밀려난 사람들이 택할 수 있는 것은 없어 보인다. 선택권이 없어진 개인은 오로지 자신에 대한 자기처분권밖에 남지 않는다. 자살률과 출산율은 그렇게 밀려난 사람들을 사회가 얼마나 안아주고 있느냐를 보여주는 척도다. 우리 사회의 이 척도는 단지 깨침의 속도가 느린 자, 국·영·수가 아닌 다른 곳에 재능 있는 아이들을 더는 안아주지 않겠다는 사회적 의지만 확인할 뿐이다. 그리하여 우리 사회는 밀려난 자들을 다신 일어서지 못하게 밟아대는 잔인한 사회로 빠르게 진입한 사회가 됐다.

월급의 대부분을 소비해야 살 수 있고 살기 위해 소비해야 하는 구조가 바뀌지 않는 한, 일하는 자는 삶의 윗자리에 올라설 수 없다. 죽어야 끝날 거라는 절망스러운 사고가 밥벌이로부터 자유로워지는 유일한 길인지도 모른다. 그렇다면 월급쟁이는 부조리에 대항하여 잘 사는 법이 아니라 다 사는 법을 터득해야 한다. 예컨대 욕망을 채우지 않아도, 시키는 일을 하지 않아도 다 살 수 있다는 것을 스스로에게 보여주는 것 말이다.

욕구와 욕망의 관계는 공포와 불안의 관계와 흡사하다. 욕구는 구체적이지만 욕망은 구체적이지 않다. 욕구는 분명하고, 채워지면 사라지지만, 욕망은 분명하지 않으므로 채워도 사라지지 않는다. 따라서 욕망에는 한계가 없다. 마찬가지로 공포는 구체적이지만 불안은 구체적이지 않다. 공포는 분명하고 눈앞에 대상을 드러내지만, 불안은 분명하지 않고 대상도 없다. 그러므로 불안은 극복할 수 있는 무언가가 아니다. 사는 동안은 끊임없이 달라붙는 무엇이다.

모든 불안은 사실 가난으로부터 오는 것일 수도 있다. 경제적 자유는 더 많은 부를 획득함으로써 이룰 수 있다는 말은 타당한가? 부는 욕구가 아니라 욕망과 관계한다. 르네 지라르René Girard가 말했듯 사회, 타자, 자신으로 나뉜 욕망의 삼각 구조 속에서 내가 통제할 수 있는 욕망은 없다. 욕망은 사회적 관계와 타자로부터 비롯되므로 자신이 컨트롤할 수 없고 한계도 없다. 욕망을 부로 치환해서 말해도 결과는 마찬가지다. 부를 획득함으로써 부에서의 자유, 즉 경제적 자유를 얻는다는 말은 세상의 욕망이 자기 안에서 스스로 발현되며, 충분히 통제하거나 제한할 수 있다는 믿음과 같다. 그런 일은 없다. 오히려 부를 획득함으로써 부의 욕망이 인격화되어, 부는 그것을 획득한 자를 자폐적으로 부라는 자기 욕망 안으로 구속하며 점점 빠져들게 할 것이다.

우리는 역설적이게도 부를 획득해서도 안 되고 부가 없어서도 안 되는 세상에 살고 있다. 이를 알게 된 사람들이 당면했던 문제를 풀어내야 하는 것이다. 그렇다면 한 가지 질문만 남는다. '돈이 아니라면 우리(나)는 무엇을 했겠는가?'

제 목숨을 걸고 거벽에 오르지만, 아무런 보상도 명예도 금전도 바라지 않는 산쟁이의 서사와 그 산쟁이가 먹고 사는 문제 즉 '생활'이라는 구체와의 상관관계를 파헤치기 위해서는 위의 질문에서 시작해야 옳을 것 같다. 그러나 그 전에 세인世人의 지청구를 바로잡고 가자.

***

세상은 세상으로서의 도덕이 있고 사회는 사회로서의 도덕이 있는 법이다. 그 도덕이 반드시 나의 도덕이어야 하는 법은 없고 그 시대의 윤리가 지금의 윤리일 필요도 없다. 오히려 지난 시대의 윤리는 이 시대의 광기가 되고, 이 시대의 광기는 지난 시대로 윤리로 추앙받았던 예를 찾는 것이 빠르다.

우리는 역사와 시대를 관통해 한 번도 같았던 적이 없던 지금의 도덕과 윤리를 스스로 자기 검열해서 강자들의 논리를 내면화한다. 종교, 교육, 국가, 학교, 부모, 형제, 친구의 얼굴을 하고 나타나는 도덕과 윤리, 힘센 사람들의 논리는 대학에 가야 사람이 된다며 근엄하게 말했고, 회사 가서 돈 벌어야 어른이 된다고 말한다. 진리를 담지 한 듯 말하는 현자들의 명령을 열심히 따르고 인생의 경로를 바르게 걸었다면 어엿한 어른이 되어 있어야 하는 게 맞다. 너그럽고 인격적으로 완성된 사람이 되어 있어야 하는데, 가끔 왜 나는 이따위가 됐을까 하는 자책을 감출 수 없다. 그것은 세상의 도덕이 전부가 아니었다는 모종의 배신감과 그 하나의 경로에 의존한 스스로에 대한 자괴였다.

세상의 눈에는 도무지 쓸데없어 보이지만 자신의 시선은 가슴속 저 밑에서 올라오는 뜨거움이 이끄는 곳에 머문다. 그것이 내 욕망에 접속한 그 순간, 즉 내 이상과 꿈이 실제계와 맞닥뜨린 그 찰나▲, 세상의 도덕을 무너뜨리는 순간이 온다. 그때 우리는 자유로운 결정의 쾌감이 삶을 지배한다. 주위를 온통 감싸는 희열, 무시간적 공간에 있으면서 앞으로 닥칠 일들을 장악하며 이끌어가는 주체적 자아가된 느낌, 삶의 두려움이 말끔히 사라지고 사위가 자신감으로 둘러싸이며 지구를 통째로 들고 흔들고 있다는 착각 같은 것에 이끌린다. 따라나서지 않고 배길 수 없다. 사로잡혀 보지 않은 자들은 자신을 걸어 위대함으로 가는 이 길을 무모함으로 시기해선 안 되는 것이다.

산에 가면 돈이 나오나, 밥이 나오나? 혀를 차며 내뱉는 경박한 지청구 같은 질문을 묻기 전에 생각해야 한다. 그 질문은 나의 질문인가, 아니면 세상의 질문인가를. 나의 질문이라면 세상의 강자들의 욕망이 내면화된 질문일 테고, 세상의 질문이라면 다시 나의 질문으로 바꾸어 물어야 할 테다. 산에 가면 돈이 나오나? 밥이 나오나?, 하는 물음은 '삶에는 더 이상 의미가 없다는 식으로 사는 것, 그것이 이

▲　라캉은 이 순간을 '쥬이상스(Jouissance)'라 불렀다.

제 삶의 의미가 되어 버린' 초라하게 쪼그라든 볼품없는 사람들의 질문이다. 잘못된 질문이다.

그러니 인생에 내세울 수 있는 딴짓 하나를 가지고 있다는 건 부끄러워할 일이 아니다. 쓸데없는 일을 많이 할수록 외려 삶의 가치는 높아진다. 그렇지만, 주구장창 산에만 기대어 살 순 없다. 가족들 건사의 문제가 달렸으니 산에 가면 가족이 굶어 죽고, 밥벌이에 매달리면 꿈이 죽는다. 과연 따져보고 싶은 문제다. 한편, 주간보고를 작성하는 회사인간과 산에 가고 싶은 산쟁이라는 딴짓은 대립되고 상반되는 것처럼 보인다. 그러나 이들은 대립하는 것이 아니라 서로를 은밀하게 보완하고 받쳐주는 것은 아닌지 지금부터 의심해본다.

세계 유수의 일류 혁신기업들이 구성원들의 개인적인 딴짓을 장려한다는 기사가 많다. 요즈음 경영환경은 자율적 혁신이라는 이름 아래 무한정의 휴식과 딴짓을 통해 직원들이 창조적으로 업무에 기여 하는 과정과 그 혁신성을 검증했고 공간과 시간을 파괴해가며 자발적인 딴짓을 장려하기에 이른다. 다르게 생각하면, 주어진 시간에 많은 것을 만들어내는 차원을 넘어서, 언제 어디서든 누구도 생각지 못한 것을 내놓아야 하는 창조성에 대한 압박이다. 웃는 낯으로 경쟁에 밀어 넣는 세련된 야만이다. 세상은 진화했고 또 진화하는 중인가를 곱씹어 생각해본다. 그것은 마치 오래된 지배와 피지배의 논리 같다.

지배자는 어떻게 통치할 것인가를 묻는다. 그 물음의 진의는 '어떻게 하면 피지배자들이 자발적으로 통치 당하게 할까'와 같은데, 인간은 역사적으로 아주 긴 시간을 들여 이 지배의 논리와 메커니즘을 고민해왔다. 15세기까지 세상의 중심이 신과 신앙이었던 시대부터 오늘날 기업 경영에 이르기까지 이 맥락은 달라지지 않았다. 반대 입장인 피지배자는 지배로부터 저항하고 반항하는 방식과 논리를 만들어내며 지배의 논리를 깨뜨리고 벗어나려 하지만 깨뜨리려는 노력이 완성에 이르면, 그 모든 행동의 결과가 피지배가 지배의 자리로 옮겨가는 자리바꿈에 지나지 않게 된다. 그러므로 지배와 피지배는 길항하며 쌍을 이루고 서로의 존재를 확인하며 자신의 존재를 바로 세우는 역설로 나아간다.

이를 토대로 의심을 밀고 나가면, 밥벌이가 삶을 완벽하게 지배하기 위해, 진화된 자유의 형태로 산쟁이 정체성을 부여하지 않았나 싶은 결론에 이른다. 징그러운 이 '생활'이라는 일상에서 산이라는 일종의 허점을 노출하며 밥벌이 고통을 망각하게 하는 것, 그리하여 다시 밥벌이로 떠미는 것은 아닐까. 15세기 유럽에서 종교적 지배를 위한 사목司牧 통치술, 현대 경영의 딴짓 장려와 같이 '강요된 자발, 허용된 자유'를 통한 완벽한 지배를 꿈 꾼 것처럼 '높은 산'을 볼모로 일상의 삶에 붙들어 두려는 획책이지 않은가.

*****

살면서 가장 많이 한 일은 등산과 주간업무보고다. 등반이라는 글자 끝에 조심스럽게 가*를 붙이고 싶다. 이 지랄 맞은 삶을 아름답게 하는 건 무엇일까를 생각하면 산 이외에는 없다. 어디든 떠날 수 있는 '간댕이'가 인생 최고의 갑이라 여긴다. 매일 아침 출근하기 위해 세면대에 고개 처박고 머리 감는 일이 문득 넌더리가 난다. 그런 불안한 날에 배낭을 둘러메고 산에 오르면 방금까지 내 배후에 있던 삶의 무대장치들은 무너진다. 나를 부르는 이름들이 빠지직 소리를 내며 사라지고 세계 하나가 붕괴하는 것이다. 나와 세계(무대장치)는 부조리를 사이에 두고 팽팽하게 대치하다 내가 늘 산으로 튀며 일방적인 도피 선언을 통고한다. 나는 산을 택하여, 밥벌이는 산과의 승부에서 패하지만, 지나간 패배는 어느 순간 사라지고 이런 다툼이 끊임없이 계속되는 걸 보면 세계의 마지막 승자는 밥벌이가 아닌가 한다.

사실 이 세계는 나와 다투지 않는다. 다툴 겨를도 없을뿐더러 세계의 주체를 알지도 못한다. 그러나 어느 한순간,

불현듯 마음 저 밑에서부터 '아니'라는 음성이 북받쳐 올라올 때 거울에 금이 간다. 금이 간 사태는 전손을 예고한다. 회사 사무실, 집, 출퇴근 지하철 안에서 왔다 갔다 하는 일상의 이미지들이 쨍그랑 소리를 내며 깨지는 것이다. 이제 오로지 '나'만 남게 되고 두 발로 가는 길만이 나의 길이 된다. 산을 홀로 오르는 것이다.

홀로 산을 오르는 사태는 세계 안에서 부조리와 섞여 들어가는 나를 빼내는 일이다. 누군가에게 불리어지던 나로부터 이름 없는 세계로 들어가는 일이다. 알튀세르Althusser의 호명 테제는 홀로 걷는 산과 같다. 관계는 이름을 만들어낸다. 이름은 서열을 만들고 서열은 다시 또 다른 관계를 만든다. 그 관계가 체제를 만들고 관계 속의 나는 관계가 만들어낸 이름으로 불리어진다. 세상에 존재하는 이름만큼 관계가 존재하고 그 관계는 모두 닮아 있다. 이쯤 됐을 땐 다른 사람들이 사는 대로 살지 않게 되는 건 차라리 형벌이다. 이 세계가 만든 관계와 무관한 존재로 단절된 나는 오히려 무서운 것이다.

자아를 발견하라고 말하는 사람은 자아를 발견했을까? 자신을 찾아 나서라고 말하는 사람은 자신을 찾았을까? 세상의 관계들과 단절되어야 가능한 그 무섭고, 힘들고, 사나운 삶을 거침없이 살아라 말하는 자들은 무엇에 기댄 자신감일까? 나와 이 세계의 관계가 깨어지고 홀로 암흑 속을 전진할 때는 처절한 외로움을 견뎌야 한다. 자유로운 결정은 무섭고 외롭기 때문에 사람들은 자유롭지 않게 사는 법을 택한다. 자유로 포장된 월급쟁이 노예, 그 노예로 사는 게 편하기 때문이다. 그러므로 생긴 대로 사는 건 지혜롭게 사는 것보다 어렵다. 이 대목에서 솔직하지 않을 수 없다. 지금 이 따위가 된 내가 밉다. 생을 걸어 거벽에 돌진한, 생긴 대로 살았던 저 알피니스트들이 부럽다.

사사로운 소확행 같은 자유가 아니라 삶 전체가 몰락할 수 있음에도 기꺼이 대자유를 택하는 자, 시시한 밥벌이에 연연하지 않고 산에 오르는 알피니스트, 현실이라는 '무대 장치'를 소거한 거친 삶에 언제나 경배를. 그리고 꿈꾼다. 집 따까리에 재산 쏟아 붓지 말고 두 발로 공부하고 여행하는 삶에 쏟아 붓기를. 홀로 걷는 산에 나와 별빛 사이에 아무것도 없기를. 온전한 나를 나 스스로 견딜 수 있기를. 이라고 말하면서도 그렇게 하지 못하는 미운 나, 밥벌이에 늘 뒷걸음질 치고야 마는 얍삽한 알피니스트는 오늘도 밥벌이에 운다.

***

밥벌이에 자괴하는 산쟁이를 위한 하나의 처방이 있다. 잘 내려서라, 배전의 도약을 위해. 산에서 고도가 높아지면 어김없이 무기력증이 찾아온다. 떨림이 사라진 일상에서 자신이 성장하지 못한다 느끼면 우리는 곧 무기력해진다. 생활에서, 일에서 소진되고 방전되었다 느끼면 이내 무기력이 엄습한다. 내려서라는 시그널이다. 바쁜 일상의 관성은 우리를 내려서지 못하게 하고 월급쟁이 삶의 조급함만 남기고 훅 지나가 버린다. 고도가 높아지지만 멈출 줄 모르면 고산병에 걸려 죽는다. 쓸모를 위해, 돈 벌기 위해 혈안이 되어 그칠 줄 모르고 달려가는 월급쟁이는 가족과 건강을 잃는다.

지나온 삶을 가끔 되돌아본다. 간명해 보였던 삶은 어느 순간 회오리 속으로 빨려 들어가거나 다시 평온을 되찾기를 반복했다. 치열함과 지루함은 뛰어오르는 사람을 바꾸며 쿵쾅거리는 널뛰기 나무판처럼 같은 사람 안에 있는 위치에너지다. 산에서, 대개의 큰 봉우리에 오르기 위해서는 딱 그만큼 깊은 내리막을 겪어야 또 다른 오르막에 접어들 수 있다.

일이 잘 풀릴 때가 있는 반면, 뭘 해도 풀리지 않는 시기가 있다. 인생에 겨울은 반드시 온다. 화려했던 시기의 기뻠만큼 똑같은 하강을 겪는다. 하강을 제대로 받아들이지 못하면, 지극한 '번아웃'의 침체에 빠져 헤어 나오지 못한다. 삶의 내리막을 잘 내려와야 멋진 삶이다. 우리는 인생의 겨울을 관리할 필요가 있다. 즉 자기 갱생을 위한 'Great depression'이 필요한 것이다. 하나의 단계에서 다음 단계로 도약하기 위해서는 반드시 경계를 넘어야 한다. 은퇴라는 마무리일 수도 있고, 슬럼프라는 고난의 시기일 수도 있다. 누구나 당면하는 내리막길이다. 인생의 겨울, 자기 갱생을 위한 대공황the Great Depression 같은 것은 치열했던 자들에게 선사하는 윔블던 컵이며, 골든글러브이자 황금 피켈이다.

경계 도약, 우리에겐 새로운 성인식이 필요하다. 내부든 외부로든 충격적인 자기파괴, 자기 살해의 경험은 역설적으로 삶을 다시 사는 힘을 준다. 죽음을 경험한 이들이 삶에 대한 태도가 급변하는 이유는 그 어떤 가치보다 삶은 아름다운 것이라는 가치를 깨달은 데 있다. 살아있는 게 얼마나 감사한 일인지 알고 자신의 소명을 위해 정진하기 때문이다. 내면에서 일어나는 내적 각성으로 충격적인 가치 전환이 일어날 수 있고 외부적인 충격에 의한 절망 체험에서도 처지 반전은 일어난다. 이 모든 과정은 어제의 자신을 죽이고 이때까지의 삶의 관성과 결별하는 데서부터 시작된다. 어쩌면 죽음의 모험은 삶 속에 포함되어 있고 그러한 모험이 없으면 삶이 아닐지도 모른다.

누구나 자존감이 떨어질 때가 온다. 스스로 초라한 경우를 맛본다. 동료와 언성을 높이고 싸우고 난 뒤, 상대방의 높은 스펙에 기가 눌린 뒤, 상사로부터 말도 안 되는 유아적인 질책을 받고 난 뒤, 나 자신이 한없이 초라해지고 그런 나를 측은하게 바라보는 남들의 시선을 외면하고 싶어질 때가 있다. 당신은 잘못이 없다. 이럴 땐 산에 올라 우쿨렐레를 꺼내 들고 둥당거릴까보다. 말인 즉 지구 밖으로 잠시 다녀오라는 것이다. 내 주변에서 벌어지는 일들과 거리를 두는 연습이 필요하다. 일상은 하루도 빠지지 않고 "너를 초라하게 만들어주겠어."라는 메시지를 끊임없이 던지는 괴물이다.

어느 순간 물건의 사양을 말하는 'Spec.'이 인간에게 들러붙어 인간이 상품이 된 세상에 우리는 살게 됐다. 물건과 상품과 인간의 층위가 다르지 않고 값 매겨지는 원리와 취급되는 양상이 다르지 않게 된 것이다. 내가 하는 행동과 생각까지 냉혹한 현금계산으로 환원되는데, 내가 이런 행동을 하면 얼마만큼의 이익이 되는가를 끊임없이 머릿속에서 굴리게 된다. 말 한마디, 만나는 사람, 내가 보는 영화조차도 철저하게 내 미래 이익의 관점에서 선택하거나 거부한다. 이런 상황이 이어지면 인간적인 만남이나 교감이 불가능해지는 국면에 이르고 만다. 결국 나 스스로도 자신으로부터 값 매겨지는 내재적 자기사물화 형태가 된다.

개인적인 교환가치가 높을수록 상품화된 인간으로서 현금성은 높아지고 안락한 생활이 가능하게 되겠지만 그것은 마치 거세된 야생과 같다. 야만의 시대는 오래전 지나갔지만, 황폐해진 인간은 여기저기에 득실거린다. 모든 사람이 돈과 부를 좇는 데 혈안이 된 사회는 아무리 가져도 자신보다 많이 가진 자가 필연적으로 생겨난다. 때문에 거의 모두가 부에 관한 한 상실감에 빠져 있다. 이 상실의 시대에 '초라한 나'는 디폴트값인지 모른다.

내리막길, 하강의 시기에 나를 초라하게 만드는 세상에 쫄지 않기 위해 산으로 간다. 산으로 가서, 커다란 지구 짐승의 등짝을 걷자. 풍뎅이 날개처럼 반들반들 윤이 나는 거대한 화강암 피부를 오른다. 저 아래를 바라보는 시야를 멈추지 말고 이어가면 산은 무한히 확장하는 우주로 우리를 데려간다. 지구를 버드뷰Bird view로 본다. 우리 옆에 벌어지고 있는 일들은 둥둥 떠다니는 육지에서 일어나는 70억 '화학적 찌꺼기들'의 사사로운 일 중에 하나일 뿐이다. 이 시선으로 보면 우리에게 일어나는 모든 일들은 우연이 된다. '우주의 관점에서 지구는 단지 하나의 특수한 사례'고 지구 관점에서 나 또한 우연으로 지어진 한편의 꿈인지 모른다. 거대한 산악지괴가 융기하며 스스로 두터운 층을 파괴하고 두께 1,000미터의 외피를 들어 올리거나 찢는 일쯤은 아무것도 아닌 것이다.

다시 돌아와 앉는다. 아무리 잘난 인간도 결국 인간일 수밖에 없는 평균성에 기대어 남들과 그리고 주변과의 불필요한 비교를 단절하는 연습이다. 그리고 상상하라. 무엇을 하더라도 이룰 수 있다는 자기가능성에 대한 최면을 이때 걸어보는 것이다.

4

"속도에 관하여"

– 세상의 아름다운 것들은 빠르지 않다

　말은 그 안에 경박한 언사가 늘 똬리 틀고 있다. 그러나 말을 해야 할 때 적절하게 하지 못하는 것은 비겁한 일이다. 번잡한 일들을 벌이고 싶지 않은 마음이 앞선 나머지, 나서야 할 때 나서지 못하는 건 성실과 경청으로 포장한 졸렬함이다. 가야 할 길을 비껴가는 건 비열한 일이다. 분명 경계해야 할 일이지만, 가십이 난무하는 요즈음엔 곁에 있어도 말없이 침묵할 줄 아는 사람이 그리워지는 건 어쩔 수 없다. '인간의 삶의 절반은 마음을 드러내지 않고 암시하거나 얼굴을 돌리고 침묵하는 가운데 지나간다'고 하지 않던가.

　말하지 않고, 느리고, 서두르지 않는 것들이 좋다. 이 세상 모든 아름다운 것들은 빠르지 않다. 이 세상 모든 풍요로움은 초조하지 않다. 이 세상 모든 환희는 서두르지 않는다. 산이 그렇다. 산은 사람을 숨차게 해서, 말하고 싶어도 하고 싶은 말을 다 하지 못하게 한다. 산에서의 미덕은 느린 것이고, 서두르면 가차 없이 다치거나 사달이 난다. 산에서까지 시간에 쫓기는 자들을 산은 모질게 대한다. 억겁으로 다져진 화강암에 발을 댄 자들은 거대한 지구의 등껍질 위에 작디작은 등산화 발바닥을 맞대고 있음을 알아야 한다. 부디 산에 오를 땐 공간도 잊고 시간도 잊고 말초적 갈애渴愛는 애초에 버리는 게 좋겠다.

시간에 쫓기는 사람은 죽으러 가는 사람이니 그렇다. 목적지 도달에만 혈안이 되어 가속 페달을 밟는 운전자는 창밖에 들판이 얼마나 아름다운지, 산 너머로 지는 해가 얼마나 황홀한지 알지 못한다. 우리 생이 꼭 그와 같으니 쫓기고 쫓기다 결국 막다른 곳이 무덤이라는 사실을 뒤늦게 알게 된다. 우리가 일상에서 하는 일이나 함께 사는 가족도 의무나 책임에서 잠시 떠나 그저 멈추고 바로 보면, 멋진 산처럼 경외의 대상이 될 수 있다. 사랑으로 가득 채워져, 사랑하면서도 한 번도 사랑한 적이 없는 것처럼 낯선 시선으로 그네들을 본다면 어떤가.

그렇지만, 우리는 늘 이런 생각 끝에, 아름다운 장면을 보는 중에도 휴대전화 포털 가십에 얼굴을 파묻고 침묵할 줄 모른다. 그것은 말하지 않지만, 무언의 조잘댐이 사방팔방에 퍼지며 귀청을 때리는 고요함이다. 포털 가십과 영상 매체를 습관적으로 보며 시간을 죽이는 습성에는 어떤 인간적 함의가 숨었을까? 은밀한 관음적 욕망, 남의 불행을 보고 느끼는 상대적 행복, 아니다. 그것은 창조할 필요 없고, 상상할 필요가 없고, 사유하고 생각하는 것을 포기한

광범위한 불행이다.

아무런 인간적 제어가 작동하지 않고 뉴스에 즉각 반응하는 경박한 인간의 표상이 본래 모습임을 알게 되고, 수많은 사람 중에 하나, 대중이라는 개념 뒤에 숨어서 편리한 훈수와 처세에만 촉수를 세우는 인간임을 알게 되는 순간이다. 보는 순간만큼은 훌륭한 사람이 될 필요가 없어지고, 당면한 프로젝트를 생각하지 않아도 되고, 자식들 걱정을 뒤로해도 되는 것, 곧 맞닥뜨려 풀어야 할 문제들로부터 도망칠 수 있다. 시시함, 지루함, 일상이라는 번쇄적 패배 의식을 잠깐이라도 환기시키고, 팔짱 끼고 진흙탕 싸움을 구경할 수 있는 스펙타클의 지위를 누릴 수 있다. 인생에서 주인 됨을 포기한 발작적 욕망의 투사가 포털과 영상매체에서 벌어진다. 현란한 영상에 눈길을 줄수록 자존감은 떨어진다. 어떻게 해야 하는가.

경조부박의 일상, 무엇이든 알고 있어야 하고, 뭐든 잘해야 한다는 강박에 끌려다니는 삶에서 빠져나와 산으로 가라. 산을 오를 때 인간의 몸은 오래전 '진짜 인간'이었던 때를 불현듯 기억해낸다. 휴대전화에 머리를 처박은 인간이 아니라 오랜 옛날 유목민의 삶이 고스란히 녹아 있는 인간이다. 산에서 벌벌 떨고 나면 나약한 현대인의 뇌가 강인한 야만과 야생의 뇌로 새로이 설정된다. 산이 주는 야생의 신선함이 휴대폰 전화기에 찌든 뇌를 정화한다. 많은 말을 하지 않지만, 온몸은 살아있다는 감각으로 충만하다. 물을 찾고, 잠자리를 찾고, 가야 할 길과 예측되는 위험을 감지하고, 걷고 뛰는 중에 오감은 살아난다. 곧 살아있다는 존재의 끊임없는 확인이다.

'한 인간은 그가 말하는 것들에 의해서보다 침묵하는 것들에 의해서 한결 더 인간이다.' 침묵으로 오르는 자, 알피니스트는 불안한 현대인의 오아시스 같은 인간이며 지구를 통째로 사는 신화 같은 인간이다. 지금, 붉은 배낭을 메라.

> 마른입 입김 불고 비 오듯이 땀 흘리며
> 열 걸음에 열아홉 번 쉬면서 오르누나
> 뒷사람이 앞서감을 괴이하게 생각 말라
> 느릿 가도 마침내는 산마루에 이를지니
>
> ― 이제현, 〈곡령에 올라登鵠嶺〉,
> 《지봉유설芝峯類說》중에서

히말라야를 걸을 땐 길을 꼭꼭 씹어 삼키며 걷는다. 없는 스텝도 만들어 가며 걷는다. 곧장 내지르지 않고 발의 방향을 이리저리 바꿔가며 걸어야 한다. 그래야 멀리 갈 수 있기 때문이다. 스텝 하나쯤 생략하고 보폭을 크게 하거나 둘러 가는 길을 곁에 두고 곧장 지르는 길을 택하면 잠시 잠깐 느리게 가는 사람을 앞지를 수 있지만, 예의 고소증세에 시달리게 된다. 길은 결국 정상에서 만난다. 길은 만나지만 사람은 못 만날 가능성이 크다. 빨리 가려는 사람을 히말라야가 받아준 걸 본 적 없다.

길을 질러간다 해서 정상에 이르는 길이 짧아지는 건 아니다. 산은 빨리 오르는 자를 먼저 받아주지 않는다. 오히려 둘러 가는 이에게 산은 더 많은 것을 보여준다. 차로 세 시간이면 가는 길을 능선의 마루금을 걸어서 30일에 가 닿으면 자신이 간 모든 길을 기억하고 말할 수 있다. 같은 길을 가더라도 이름 모를 풀들과 바람과 얘기하고 눈부신 풍광들을 차곡차곡 쌓아 가는 사람은 그렇지 않은 사람보다 깊어진다.

사람들은 빨리 가는 얕은 사람보다 느리게 가는 깊은 사람을 좋아한다. 스토리가 없는 삶에 사람들은 귀 기울이지 않는다. 인생의 그늘 하나 없는 사람은 재미없다. 세상에 진실한 두 가지가 있다. 자기 입으로 씹어 삼킨 밥과 자기 발로 걸어간 길이다. 밥은 먹은 만큼 내 몸을 살찌우고 발은 둘러 간만큼 근육을 만든다. 인격 없는 인간이 볼품없는 만큼 근육과 상처 없는 밋밋한 민다리엔 아무도 업히려 하지 않는다.

나선螺線을 기억하라. 소라의 껍질은 휘휘 둘러 끝에 닿는다. 그것이 직선이었더라면 소라는 살아남지 못했을 테다. 꼭 그와 같이 직선의 인간은 안타깝다. 둘러 가본 적 없고 둘러 갈 생각이 없는 사람은 어느 장소에서나 어느 주제에 대해서나 할 말 다 하는 사람일 텐데 그런 사람은 유머와 반어를 알지 못하는 불행한 자다. 유머를 설명해야 할 때 우리는 허탈하다. 그 사람과는 맥락 있는 얘기를 피한다. 시를 산문으로 고쳐 쓰면 더는 시가 아니게 된다. 시의 입장에서 얼마나 곤혹스럽겠는가. 둘러 간다는 것은 행간의 비약과 복선을 품은 삶이다. 논리를 따져 묻거나 논리적 이해의 영역인지 수사학적 전회의 영역인지 알지 못하면 시와 같은 삶은 살지 못한다.

산의 방식은 둘러 가는 것이다. 둘러 가지만 첨단에 닿는 것이 산의 진심이다. 빨리 갈 때를 경계하고 높이 오를 때를 두려워하라. 오른 만큼 거칠게 내려서야 하니 아무렇게 핀 봄꽃들을 보며 서서히 내려서기를 바라거든 지금 잠시 둘러 가는 이 시간을 깊게 흠향하라.

***

오늘, 물러서지 마라. 시냇물은 숱한 시간을 소비하여 산을 무너뜨리고, 강장동물은 대륙을 만든다. 처마에서 떨어지는 낙수가 바위를 뚫고, 한 걸음이 이어져 정상에 닿는다. 주어진 일이 사소한 일로 채워져 있다 원망 말고 오늘의 힘을 믿어라. 잗다란 삶이라 폄하 말고 매일의 힘을 믿어야 한다. 오늘 내딛는 한 걸음이야말로 캠프와 캠프를 잇는 문지방이다. 매일 새벽 거르지 않고 무거운 몸을 일으켜 펜을 잡는 믿음직스러운 시인의 등판을 생각하라. 둘러가되, '오늘'이라는 이 무시무시한 말을 잊지 마라.

하루가 대가를 만든다. 히말라야의 거대한 쿰부 빙하는 100년에 1밀리미터를 움직이더라도 멈춘 적이 없다. 인간은 복잡하여 늘 상반되는 부조리와 난해한 역설을 맞닥뜨리지만, 부조리와 역설을 극복하는 유일한 힘은 물러서지 않는 삶에서 나온다. 오늘 마음먹었다면 수많았던 곁눈질을 거두어야 할 일이다.

길은 나있어서 길을 따라 걸으면 그곳이 어디든 언젠가는 도착한다. 이 명징한 사실을 우리는 잊어버리는 때가 많다. 한 걸음은 보잘것없다. 아득한 길을 생각하면 초라하고 저 먼 길을 떠올리면 절망이 밀려온다. 힘든 길에 고개 돌려 보이는, 남들 가는 저곳이 가까워 보인다. 그러나 결국 도착하게 만드는 건 초라한 한 걸음이다. 한 걸음이 우리를 종국으로 이끈다. 길을 물어보지 마라. 누구도 모른다. 모든 인간은 길 위에 있다. 모두 살아본 뒤, 다 가본 뒤에 그 길이 맞다, 아니다 알려줄 수 있는 인간은 없다.

공부를 많이 한 사람들이 알려줄 수 있을까. 그렇다면 교수니, 박사니 하는 사람들은 훌륭한 인간이어야 한다. 철학에 통달하고 수많은 책을 읽어낸 사람은 훌륭한 삶을 사는가? 앎이 반드시 근사한 삶과 관계있는 것은 아니다. 어떤 길을 가든 지금 내가 가는 길이 유일한 길이다. 우리는 살아 있는 한 언제든 생의 한가운데 있다. 갈림길이 나오거든 선택하기 전에 한숨 자버리고 배고픈 길이거든 지나는 사람의 양식을 털어도 괜찮다. 그러나 절대 길을 멈추지는 마라.

이 길이 맞는지 틀리는지도 묻지 마라. 길은 오로지 내가 정한다. 잘못 들어선 길은 도망치면 되는 것이니 그래도 괜찮다. 달아난 뒤 다시 시작하면 된다. 기억해야 할 것은 도망치건, 달아나건, 꾸준하건, 쉬어 가건, 정상의 문제는 한 걸음의 문제라는 것. 도전의 메커니즘, 현실보다 강한 꿈, 삶의 문턱을 넘는 법은 모두 이와 같다. 건너뛰지 말고 한 걸음부터, 두 발을 한 번에 가려는 행위는 곧 제자리에 머무는 것. 기억하라, 0에 1을 곱하면 0이다. 0에 1을 더하면 1이다. 산은 우리를 빈손으로 내려 보내지 않는데, '한걸음', 이것은 내가 산에서 배운 것 중 최고다.

5

"길에 관하여"

– 길 없는 길에 오르다

넘어지지 않으려 등산화 끈을 단단히 조여도 넘어질 땐 넘어진다. 풀어지는 끈을 그저 놔두고 결국 넘어지는 쪽을 택했더라면 삶은 분명 이리 조이지 않았을지도 모른다. 나는 좋은 사람인가, 나는 인기 있는 사람인가, 내가 사는 집은 봐 줄 만한가, 자기검열에 스스로를 가두고 조인다. 산마루 시원하게 트인 능선에서 바라보는 지나온 인생의 길은 밝지만은 않다. 진폐를 입가에 덕지덕지 붙이고도 욕망을 감출 수 없어 다시 탄가루를 삼키는 막장과 다를 바 없는 충동으로 산 삶이었다.

기진맥진하며 돈을 벌고 번 돈을 다시 죽어라고 탕진하니 아무도 모르는 이가 볼 땐 이 무슨 막장인가 하지 않겠는가. 모으지 않고, 또 쓰지 않으면 될 테지만 그게 어렵다. 사람들의 공통된 고민에 세상은 말대답을 한다. 좋아하는 일을 해라, 자기 자신을 찾으라는 현자 같은 말이다. 그 말들 앞에는 사실, '더 모으고 더 쓰기 위해'가 생략돼 있다. 그것은 자신을 스스로 수단으로 여기는 생각이다. 광범위한 불행의 끝으로 떠미는 현자들의 말이다. 묵묵하고 발설되지 않는 이 불행은 언젠가 다시 행복이 되리라 믿으며 산다. 그렇게 누군가의 목적을 위해 삶을 송두리째 봉사한다. 내가 알지도 못하는 그 누군가를 위해 내가 수단이 된다 생각하니 마음이 한없이 가라앉는다.

'너의 인격과 모든 타자의 인격에서의 인간성을 결코 수단으로서만이 아니라 언제나 동시에 목적으로 대하도록 행위 하라'는 철학자의 말은 그래서 인간학의 정점 같다. 나무와 나무 사이에 수단이 끼어들지 않듯, 고양이와 고양이는 서로를 수단으로 생각하지 않는다. (사실 고양이가 그런 생각을 하는지, 안 하는지조차 인간은 모른다.) 태양이 자신을 태우는 데 수단이 있으며 목적이 있을 리 없다.

마찬가지로 산의 길에도 수단이나 목적이 개입하지 않는다. 산이 모든 사람에게 이리저리 제 길을 내어주는 것도 누군가 걸어가야 할 길을, 너만을 위해 도모하지 말고 마루금을 걷듯 그저 살아보라는 말 같다. 산의 길을 삶의 길로 치환하면, 말장난 같던 형이상학에 한 줄기 파죽지세가 지나간 듯 사유의 힘이 감싼다. 산은, 사는 데는 답이 없으니 만나는 사람마다 존중하고 내 몸, 내 마음같이 대하라는 말을 제 길을 내어주며 말하는 것 같다.

답은 없다. 그러니 그저 사는 수밖에. 어떤 권위에 눌리지 않고 어떤 유의 인간을 만나더라도 지금 모습에 당당하고 주눅 들지 않는 의젓함으로 말이다. 열심히 산 자의 이야기를 듣는 게 아니라 마음대로 살아본 자의 이야기에 귀기울이면서. 그래서 루쉰이 "갈림길에 앉아 잠시 쉬거나 한숨 자고 일어나서 갈 만하다 싶은 길을 골라 다시 걸어갑니다. 우직한 사람을 만나면 혹 그의 먹거리를 빼앗아 허기를 달랠 수도 있겠지만, 길을 묻지는 않을 겁니다. 그도 모를 테니까요."▲라고 말할 때는 꼭 산과 인간이 제 길에 관해 대화하는 것 같다. 인생길을 함장축언하는 이 말을 곱씹는다. 그렇다, 아무도 모른다. 어디로 가든 쉬운 길은 없다. 또 어디로 가든 어려운 길도 없다.

***

산에 들어가는 일이 반드시 그 산 정수리 밟고자 함은 아니라고 생각한 지 오래다. 산꼭대기에 올라가거나 말았거나 하루를 산과 놀다 들어온 뒤 내 방 낡은 책상, 낮에 같이 놀던 그 산을 풀어놓으면 나는 마치 오래 묵은 책을 펴들고 이리저리 넘겨보고 냄새 맡아보고 가슴에 안았다가 종이를 촤라락거리는 기쁨처럼 새롭고 아득하고, 좋을 뿐이다. 가끔 끝까지 올라 정상에서 바라보는 풍광을 똑똑히 기억하고 내려와 다시 그 아름다움을 곱씹어 보고 싶은 산이 있다.

▲   루쉰이 쉬광핑에게 보내는 편지 내용이다. 1925년 3월 11일.

산의 깊은 골짜기를 건너고 굽이굽이 돌아가는 오솔길을 걸어가다 날 선 능선을 만나 두려움과 아찔함도 느끼며 마침내 오른 꼭대기에 털썩 주저앉아 세상을 지겨울 때까지 마음껏 내려다보고 싶은 것이다. 그렇게 산을 온몸으로 끌어안고 내려선 뒤에는 올라가기 전과 내려온 다음의 나는 달라진다. 내가 볼 수 있는 가장 먼 곳의 설계도가 내 몸에 새겨지고 지금 발 디디고 선 이 땅이 영 낯설고 새롭게 보이는 것처럼 활자와 활자를 건너는 동안 새로운 눈동자를 찾아내고야 말겠다는 듯 오르고 싶은 것이다. 이제는 재가 되어 버린 책 속에 거대한 콩 나무의 발아력을 가진 씨앗이 있을지도 모를 일이다.

　"가파른 길을 기어 올라가는 사람만이 (학문의) 빛나는 꼭대기에 도달할 수 있습니다." 마르크스의 자본 첫 장 서문에 나오는 말이다. 한때 인화성 짙은 불의 책이어서 사람들이 읽지 못했다면 지금은 다 탄 재가 되어서 사람들이 읽지 않는 책이다. 저자의 의도와는 무관하게 한때 지구상 가장 전면적이고 살육으로 가득 찬 전쟁과 냉전을 낳을 만큼 강력하게 현대사를 빨아들였던 그 책은 이제 역할을 다한 수컷처럼 어디에도 환영받지 못한 채 누군가의 책꽂이서만 가는 호흡으로 연명하고 있다. 그러나 산의 날씨 같은 인간의 변덕과는 무관하게 책 안에는 여전히 까마득히 높은 산이 처음부터 직벽처럼 의연히 서 있다. 산을 오르는 초입 길에서부터 마음을 다잡지 않으면 길고 험한 길을 오를 수 없는데 저자는 이 사태를 예감한 듯 짐짓 근엄한 경고장 같은 격언을 책 서문에 걸어 두었던 것이다.

'책 읽는 일은 산과 함께 노니는 것과 같다讀書如遊山. 힘쓴 뒤 원래 자리로 스스로 내려오는 것이 같고工力盡時元自下, 천천히 그러나 얕고 깊은 곳을 모두 살펴봐야 함이 또한 같다淺深得處摠由渠.' 조선의 대제학 퇴계가 《유소백산록遊小白山錄》에서 '처음에 울적하게 막혔던 것이 나중에는 시원함을 얻는다'라고 한 것은 책 읽고 공부하는 과정을 산행의 과정에 빗대어 한 말이다. 산에 오르듯 불의 책들을 씹어 삼키며 걷는다. 그 꼭대기에 올라 가장 멀리까지 날아간 재 먼지를 눈썹 위에 손을 얹고 한참을 지켜보리라.

***

죽어라 오른 산, 꼭대기엔 정상임을 알리는 표지판밖에 없다. 책의 마지막은 마지막을 알리는 페이지 숫자만 있을 뿐이다. 착각해선 안 된다. 정상에 이르렀다고 해서 정상은 우리에게 커다란 선물을 덥석 안겨주지 않는다. 책을 끝까지 읽는 것과 산의 정상에 마침내 다다른 사태는 '기대'에 젖어 사는 인간의 대표적인 헛발질인지도 모른다.

오르고, 읽고, 먹고, 싸는 동안 인간은 출생에서 죽음으로 나아가고 출생자 1과 사망자 1이라는 통계적 숫자 사이를 차지한 가느다란 눈금은 우리의 기대다. 그 눈금에 서식하는, 혹시나 모를 '기대'에 기대어 기대하다 사라지는 우리 삶은 자연수가 아니다. 그것은 허수도 아니고 실수와 허수로 이루어진 복소수의 삶에 가깝다. 잡히지도 않고 보일까 말까 하는 것이다. 태어남, 죽음, 결혼과 헤어짐에 관해 1이 더해지거나 빠지게 되는 한 사람의 중요한 변곡점들은 덤덤하게 아무런 심장의 요동 없이 숫자로 표현되어 통계로 관리될 텐데, 삶에서 느끼게 되는 기대와 헛발질은 통틀어 1이 되고, 다다르고 굽어지고 꺾이는 인생 곡절 끝에 맞는 죽음은 누구도 용서하지 않으리라는 표정으로 입관했던 내 할아버지 얼굴과 같을 테다.

삶을 염세적으로 보기 시작하면 그 경로의존적인 삶의 양태에 무서움이 엄습한다. 죽을 때가 되면 죽고, 태어날 때가 되면 태어나며, 태어나고 살고 죽는 것이 우리가 보아오던 일요일 오전 지루한 텔레비전 프로그램처럼 꼭 그렇게 끝나고 시작되고 진행된다. 그 속에 인상을 쓰기도 하고 누군가와 박치기도 했다가 인색하게 굴고, 증오하며 분노하고 또 기뻐하기도 하고 행복해하기도 하는, 많은 무리 속 인간 중에 하나인 내가, 태어났으니 살고, 살았으므로 죽어야 한다는 사실이 받아들이기 버거울 때가 있는 것이다. 그 끝은 끝이므로 끝을 보고 싶지 않다.

다만 꼭대기에 이르는 길에는 그 험난함을 뚫어낸 상처와 흔적만은 남는다. 그 여정의 상처와 흉터가 사실은 정상이 수여한 훈장이다. 나는 내가 아니고, 우리는 우리가 아니라, 나와 우리는 사실 모두가 길의 흔적들이다. 길이라는 것이 산에서는 산길이요, 책에서는 페이지 한 장, 한 장 읽어가는 것이라면 모든 길은 과정이다. 재단하자면 우리는 우주가 저지르는 어떤 알 수 없는 과정의 흔적에 지나지 않을 테지만, 살지 않으면 결코 받을 수 없고, 저지르지 않으면 경험할 수 없는 그 '흔적'은 오로지 묵묵하게 산 사람에게 삶이 수여하는 선물이다.

깨달음에 이른 자도 저잣거리로 다시 나와 산다. 비동일성을 경험한 자도 동일성의 세계에 살 수밖에 없다. 정상에 이른 자는 내려서야 옳고, 내려선 자는 다시 올라야 하는 것이 산쟁이 숙명이다. 흔적과 흉터를 간직한 채. 부디 정상엔 아무것도 없다고 말하는 사람이 되지 말자. 그 길을 걸어간 자와 그렇지 못한 사람은 다르다는 것, 정상을 향하는 사람의 존재 이유는 정상에 있지 않고 어쩌면 낮은 땅, 첨단을 지향하되 에둘러 가기를 두려워하지 않는 자리에 있을 테다. 삶의 상처와 흉터를 사랑하는 자, 마지막까지 길에 있으라.

***

지난 성공은 독毒이다. 길에 있는 자는 알아야 한다. 과거에 이루어 낸 일들에 대한 집착은 다가올 성공을 가로막는다. 지금 오르는 봉우리를 위해서는 이전에 올랐던 봉우리를 잊어야 한다.

오직 더 오를 곳 없는 사람만이 과거의 빛나던 순간을 회상한다. 과거는 대부분 그 당시에 빛나지 않았더라도 회상하면 빛났던 것으로 뒤바뀐다. 그렇게 하지 않으면 자신의 삶 전체가 부정당하는 상황이 올 수도 있기 때문이다. 과거 사실을 의식적으로 분칠하는 행위는 삶이 허망하다는 사실을 부인하려는 인간의 방어기제다. 다만 과거에 붙들리면 한 치 앞도 나아가지 못한다.

에베레스트를 올랐다 하여 다른 산들은 쉽게 오를 수 있는가. 봉우리는 봉우리만의 난해함을 가진다. 데날리Denali(6,194미터, 북미대륙 최고봉)가 에베레스트(8,848미터)보다 낮다 하여 물로 보다간 큰코다친다. 날고 기던 산악 영웅들은 데날리에서 죄다 유명을 달리했다. 데날리는 산악 영웅들의 무덤이다. 북극권 거봉에는 습한 돌풍이 분다. 히말라야의 마른 바람을 예견하여 오르면 낭패를 본다.

지금 여기를 바라보지 않고 늘 먼 미래 어딘가만 바라보는 사람들이 있다. '여기 지금'을 살지 않고 과거 빛나던 순간만을 기억한 채 과거도 아니고 미래도 아닌 그렇다고 지금도 아닌 지금을 살고 있다. 이를테면 그 시절, 그 시기, 그 순간이 자신에게 너무도 강렬하여 시간을 건너지 못하는 사람이 있다. 그는 만나는 사람마다 늘 그때의 이야기를 하며 그때의 환희로 사는 사람이다.

삶은 멈추지 않고 머물지도 않으며 고이지도 않는다. 되는 게 하나 없다는 생각의 근원은 과거에 무게중심을 놓고 살기 때문이다. 지나간 봉우리는 잊자. 지금을 어엿하게 살아갈 수 없다면 그때도, 앞으로도 제대로 사는 게 아니다.

지나간 봉우리는 마음이 만든다. 자극을 향해 끊임없이 달려가는 것이 마음이다. 인간은 허망함 위에 서 있고 그런 인간이 생각하는 마음은 늘 지금을 제쳐 두고 과거와 미래의 환상을 좇는다. 더 잘하지 못해 안달하기보다 잘하려는 마음을 멈추게 하는 것이 현명하다. 영원히 살 것 같은 마음도 죽음이라는 단명함을 인식해야 나와 내 주변의 모든 존재들이 소중함으로 재구성된다.

후회라는 것은 늘 오만함에서 시작한다. 인간의 오만함은 의젓함이 아니라 언제나 자신이 가진 물적 환상에서 나온다. 그것은 욕심을 만들고 분노를 내뿜게 하고 희망과 절망도 생산한다. 그래서 수행자들은 평생 이 환상들과 싸우는지 모른다. 선이든 악이든 도덕이든 윤리든 시비 판단이든 지금을 떠나지 않고 멈출 때 그 배후가 확연하게 드러난다. 그 배후는 마음이고 마음은 언제나 과거의 기억에 의해 지배당한다. 그러므로 마음은 늘 지나간 봉우리를 지향한다.

지나간 봉우리를 지우게 하는 등반 철학이 알피니즘이다. 철학에 등산을 더하면 알피니즘이고 등반가에 철학을 더하면 알피니스트다. 행위는 등산이고 행위자는 등반가지만 행위의 기반, 방법은 철학 없이는 이루어지지 않는다. 철학은 개별적인 고유명사다. 보편화된 규칙이나 법칙이 존재하지 않는다. 아무개의 철학은 아무개가 세계를 바라보는 방식이고 필부필부匹夫匹婦의 의 철학은 필부필부의 시선으로 해석된 세계다. 알피니스트라는 형태 안에 등반가가 있는 게 아니라 자기만의 해석체계와 산을 바라보는 시선과 해석의 기준이 있다면 그는 알피니스트다.

누구든 나름의 핵심을 이루는 등반 철학을 가지고 있으니 모두 알피니즘이다. 알피니즘은 산을 바라보는 시선과 등반이라는 행위를 해석하는 방식의 층위를 구분하는데 그 기반은 개인의 철학이고 그 철학의 수많은 차이가 수많은 알피니스트를 만든다. 알피니즘의 위대함은 그 안에 몰락을 담지하기 때문이다.

모든 알피니즘은 스스로 정한 등반의 방식과 철학으로 자신을 자진自盡에 이를 때까지 밀어붙인다. 오로지 밀어붙이는 중에는 지난 성공과 지나간 봉우리가 다시 솟구치지 않도록 자신의 발밑에 둔다. 그리고 그들은 기꺼이 몰락할 줄 안다. 쉽게 말해 지나간 봉우리를 잊는다는 건, 오늘 아침 가져온 우산 같은 건 잊어버리고 내 앞에 벌어지는 사건에 휘말릴 수 있는 삶을 사는 것이다.

6

"자유에 관하여"

> 알피니즘 역사를 살펴보면 등반은 자유의 한 형태였다.
> 신체적 자유이자 철학적 자유. 그 자유를 궁극적으로 경
> 험하려면 단독으로 등반해야 했다. 제약도, 속박도 없이
> 오롯이 혼자서.
>
> – 베르나데트 맥도널드Bernadette McDonald ▲

등산이 근대 이후에 출현한 인간 활동의 한 형태라면, 등
산은 역사적 근대 '개인'의 발견과 관계 깊다. 자유로운 개
인이 행하는 자유 경험으로써의 등반이 알피니즘의 역사
이자 현재이므로. 이 문장의 이해를 위해 조금, 많이 에둘
러 가본다. 감히, 산과 자유를 매개해 보려 한다.

존재는 불안하다. 인류가 철학하는 순간부터 존재에 대한
인식의 발로는 늘 불안과 두려움이었다. 그것은 유에서 무
로 스러져가는, 태어난 것들의 숙명 같은 것이다. 그 두려움
은 살기 위한 방편을 찾고 묻고 탐색한다. 인간은 가까스로
사는 중에도 나는 누구인가, '나는 무엇인가'라는 물음을 놓
친 적이 없는 것 같다. 이 세상은 물로 이루어졌다는 탈레스
이후로 습기, 원자, 이데아, 불, 먼지 등 무수한 궁극이 존재

▲　　알피니스트이자 역사학자.

한다는 철학자가 생겨났다. 아쉽게도 그들의 주장은 알 수 없고 증명될 수 없는 것이어서, 불안은 사그라지지 않는다. 과학적 발견이 없던 시기, 그리스 자연철학자들은 제일원인第一原因에 대한 무수한 답을 내놓았으나, 명멸했다.

다른 성급한 사람들은 이야기를 가져온다. 이 세계의 궁극의 원인을 찾기 위해 동원된 신화적 서사는 강력한 매체였다. 사람의 눈과 음성을 매개로 한 메시지와 텍스트는 사람들의 마음을 파고들었다. 그것은 많은 사람에게 믿음을 가져왔으니 신앙이 된다.

신앙의 세계에서 궁극의 원인을 찾았던 아우구스티누스는 고백록을 쓰며 자신이 살아온 삶의 궤적과 신적 운명을 꿰맞춘다. 고백록의 신앙적 세계관은 그 시대 사람들에게 가톨릭의 이야기 세계를 펼쳐 보였다. 서구에서 천 년에 이르는 세월 동안 존재의 궁극은 오로지 바이블에 쓰인 서사를 필연적 사실로 여겼다. 친퀘첸토Cinquecento▲의 끝 무렵, 존재의 궁극을 찾기 위해 존재 너머의 세계를 헤매는 고대 자연철학자들의 형이상학 전통과 가톨릭의 신앙적 세계관은 17세기에 이르러 데카르트René Descartes에 의해 비로소 약간의 균열을 보인다.

▲   1500년대, 즉 16세기.

때는 16세기 벽두에 코페르니쿠스가 지동설 천문학 체계를 주장하던 시기였다. 17세기 갈릴레오 갈릴레이가 인간의 눈으로 실제 하늘을 관측하며 지동설을 지지한다. 무엇보다 뉴턴이라는 거인이 나타나 과학적 대발견이 이루어진 시대였다. 인간들 사이에서, 천 년을 굳건하게 믿어 의심하지 않았던 '신神'의 존재에 대한 의문이 조금씩 무너져가던 때였으니, 데카르트의 '아무것도 믿을 수 없다'는 철학적 회의주의는 시대가 요청한 필연인지도 모른다. 세계의 궁극을 '성찰'하던 끝에 데카르트는 인간 개인의 의식적인 사유가 존재의 제일 원인임을 주장하기에 이른다. 그러나 그는 끝내 신을 버리진 못했는데, 신을 붕괴시킬 악역을 칸트에게 넘긴다.

칸트는 더 나아간다. 칸트는 자신의 저작 《순수이성비판》을 통해 인간 존재의 궁극은 신과 접점을 찾을 수 없음을 우회하여 주장한다. 오로지 감각에 의존하는 자연적 존재인 인간을 양각함으로써 신을 음각에 가두어 페이드아웃 시킨다. 사람들은 칸트가 신을 은밀하게 없앴다고 말하지만, 그는 신을 없앤 철학자가 아니라 과학 앞에 초라해진 신을 신앙 자체로써 구해낸 철학자로 보아야 옳다. 그는 '판단력비판'을 통해 이전의 저작에서 주장한 '자연적 인간'과 '인간의 자유'를 매개한다. 그로 인해 이제부터, 세계의 궁극으로서의 신은 그 윗자리를 인간의 자유에 헌액

한다. 신을 밀쳐내고 이 세계에 '개인'이 탄생하는 순간이다. 인간 사회에서 벌어지는 모든 일들은 신정神政이 아니라 개개인의 합의가 필요한 것이며 더는 신앙이나 종교의 맹신으로 해결해선 안 된다는 메시지를 던진 것이다.

마침내 '개인'과 '자유'가 인류 앞에 도래했다. 그러나 누가 어떤 신을 찾았건, 누구의 신이건, 종교든 과학이든 할 것 없이 궁극의 제일 원리를 찾으려는 인간의 시도는 계속될 것이다. 과학자들은 빅뱅의 빛을 거슬러 계속 올라갈 것이고 철학자들은 존재 너머를 탐구해갈 것이다. 무無로 스러지는 허무를 대대로 견디며 말이다. 살던 곳을 떠나며, 살던 곳에 눌러 살며, 이리저리 옮겨 살며, 여러 사람을 만나며 아이를 키우고 늙어가며 공개적으로 또는 내면적으로 충격적으로 혹은 잔잔하게, 우리는 자신의 궁극을 향해 나아가고 있다.

자신의 의지로 자신의 궁극을 향해 나아가는 것, 그것이 인간의 자유다. 그리하여 자유는 인간 내면에 숨은 신일지도 모른다. 그 자유를 체험하는 자, 어느 역사학자의 말 대로 '등반은 자유의 한 형태, 신체적 자유이자 철학적 자유. 그 자유를 궁극적으로 경험하'는 등반가, 제약도 속박도 없이 기암절벽을 홀로 오르는 등반가는 오랜 역사적 사유를 이어받은, 추상적인 자유가 의인화된 현실태다. 오르는 자, 그는 숨은 신을 찾은 사람. 아, 삶의 절정을 자유롭게 누비는 자!

***

산은 우리를 빈손으로 내려 보내지 않는다. 요컨대, 산은 나에게, 멀리 가려면 둘러 가고, 정상은 한 걸음에서 시작한다는 것을 기억하고, 다시 오르려거든 지난 봉우리는 잊어야 하며 같이 오르려거든 자기희생은 필연적임을 조용히, 그러나 명징하게 속삭인다. 어찌 잊을 수 있겠는가. 그렇지만 세상에 쉬운 일은 없다. 얻기 힘든 것은 쉽게 주어지지 않는다. 케이블카를 타고 정상에 오른 이에게 산이 주는 깨달음은 없다. 얻기 힘든 것을 쉽게 얻었다면 그것은 나의 것이 아니다. 마찬가지로 얻기 힘든 것을 쉽게 얻으려 하는 사람은 자신이 가진 다른 것을 잃는다. 기억하고 실천하지 않으면 산이 아니라 하늘이 주는 계명이라도 소용없는 것이니.

높이 올라가 넓은 시야로 본 것은 초라한 지금을 극복하는 힘이다. 에베레스트(세계 최고봉)와 데날리(북미대륙 최고봉)를 오르며 역설의 현장에서 나는 난해한 부조리와 직면했다. 그것은 마치 삶의 종국에 미리 간 듯했고 나라고 부르는 나가 내가 아닐 수도 있다는 의심이었다. 오르려는 나와 내려가려는 나, 같이 오른 어느 산악인의 죽음에 슬퍼하는 나와 신은 나 대신 그를 선택했다는 생각으로 안도하는 나, 먹으면 속을 뒤집어 놓는다는 걸 알면서 음식만 보면 아귀처럼 달려드는 나, 먹지 않으면 오를 수 없지만 아무것도 먹을 수 없는 나, 잠이 와 죽을 것 같은 나와 추워서 잠을 잘 수 없는 나, 숨 쉬고 싶은 나와 숨 쉴 수 없는 나, 내 안에 동시에 존재하는 이 어이없는 역설을 부둥켜안고 하늘에 대고 욕지거리 퍼부으며 신에게 욕하는 나와 조금이라도 두려우면 신에게 엎드려 비열하게 빌고 있는 나.

내 안에 있는 동물성을 보았고 내 안에 서식하는 야만성을 보았다. 나조차 내가 구차하고 졸렬한 놈인 줄 미처 몰랐고 내가 하는 생각, 행동을 보며 나에게 이런 모습이 있는 줄 깜짝깜짝 놀랐다. 내 안에 기생하는 타인을 보았다. 저 멀리 시원에 있는 나라는 인간에게 한 발짝 다가갈 수 있었던 건 에베레스트가 나에게 보여준 많고 많은 인간 설계도 중 한 페이지였다. 나는 나의 동물성과 야만성과 타인성을 기억할 것이다. 나는 나의 야비함을 똑똑히 기억하고 기억해서 내 어깨 위로 오만함이 튀어나오려 할 때, 조금 더 긁어모으려 아귀 눈빛을 보일 때, 남보다 나은 나를 스스로 대견해하며 겸손을 밥 말아 먹으려 들 때 히말라야가 준 설계도를 펴 놓고 하자보수, 재시공에 들어갈 테다.

산이 보여주는 것은 많다. 우리가 눈으로 볼 수 있는 것은 사실 산의 진심이 아닐지 모른다. 산을 산이게 하는 것은 밤하늘 빽빽하게 흐르는 장구한 은하수도 아니고, 숨 막히는 준봉들의 바다도 아니다. 회상해 보건대 산을 산이게 하는 것은 사람, 그것도 먹을 것으로 싸우기도 했고, 차가운 눈밭에 노숙하며 내 온기를 빼앗아 가기도 하고, 느린 발을 다그치며 욕지거리 퍼붓기도 했던, 그 존재 자체가 부담이기도 했던 사람, 그러나 자기 한 몸 건사하지도 못하지만, 동상으로 썩어 가던 내 발가락 때문에 밤을 지새우고, 자기에게 남은 마지막 물을 기꺼이 내미는 사람이 산을 산이게 한다. 그 사람과 나 사이에 아무런 스크린 없이 오로지 인간 대 인간으로 마주 대할 수 있게 하는 것, 그것이 산이 보여주는 위대한 자유의 풍광이자 가장 멀리 보여주는 진심이다. 그것이, 산의 영혼이다.

7

"왜 오르는가"

– 그날 우리는 뜨거웠다

일터와 산, 일상과 떠남은 서로 배타적인 가치를 놓고 벌이는 소모적인 싸움이다. 히말라야에 가기 위해선 직장에 읍소하며 휴가를 받으려 밥줄을 걸고 설득해야 하고, 집안의 반대는 완강하다. 주말에 떠나는 작은 산행조차 집을 나서면서부터 뒤통수는 따갑다. 큰 원정등반에 돈이 없어 주뼛주뼛 손 벌리며 막대한 원정자금을 구걸해야 하고 여의찮으면 가진 돈을 탈탈 털어 원정 비용을 맞춰야 한다. 패배하며 시작하는 것과 같다.

매일의 일상이 넘어야 하는 높은 산이다. 급기야 산에 갈수 있다면 영혼이라도 팔겠다는 파우스트와 메피스토펠레스의 '악마와의 계약'에 버금가는 맹약들이 체결된다. '에베레스트산보다 더 높은 산은 마누라 산'이라는 우스갯소리는 차라리 귀엽다. 원정 기간 중 먼 히말라야에서 부모님의 임종 소식을 듣는 사람이 있는가 하면 자식이 입원해 사경을 헤맬 때 5,000미터 눈밭, 베이스캠프 안에서 속수무책인 순간도 있다. 원정을 마치고 귀국했지만 여자(또는 남자)친구와 헤어지는 일은 다반사고 오랫동안 준비해온 국가고시가 원정 기간과 겹쳐 눈물을 머금고 시험을 포기하기도 한다. 이쯤 되면 왜 거기를 군이 가야만 하는가를 묻지 않을 수 없다.

왜 그리 위험한 산엘 매번 가느냐, 산이 뭐가 그리 좋아서 시도 때도 없이 가고 싶으냐고 묻는 그대에게, 내 변명을 들어보라. 멋진 경치가 좋아 산에 가는가, 산행 뒤 시원한 막걸리에 환장하여 오르는가, 정상에 올랐다는 기쁨 때문인가, 숨 가쁘게 오른 뒤에 한줄기 청량한 바람 때문일까, 만년설산의 바다가 불러서 가는가.

모두 아니다. 나를 정상에 올려놓고, 내려올 때 위험에 빠질까, 걱정 끝에 자신은 정상에 오르기를 포기하고 봉우리 밑에서 차를 끓이며 기다리는, 사람 때문에 간다. 배고픈 겨울 한줄기 뜨거운 라면을 후배에게 양보하는, 사람 때문에 간다. 살을 에는 추위에 자신의 장갑을 벗어 후배 손에 끼워주는, 사람 때문에 간다. 지긋지긋한 산길, 힘든 오르막, 아픈 내리막, 생각하기도 싫다. 살을 찢는 바람, 잠도 오지 못하게 하는 추위는 어떤가, 그리로 보고 오줌도 싸지 않는다. 먹지 못하고 먹는 족족 토해내는 그곳에 다시 가면 성을 갈리라. 그런데, 그렇지만 기진한 제 몸을 던져 쓰러진 후배를 제 죽는 줄 모르고 끌고 내려오는, 그 사람들이 다시 산에 간다고 나설 땐 안 갈 도리가 없다.

산에 가는 이유를 스치듯 건성으로 왜 가냐고 퉁명스레 묻는 사람들에게, 무언가 철학적인 대답이 나오지 않을까 던지듯 물어오는 그대에게, 대답하지 못하고 쓸쓸한 미소를 지을 수밖에 없는 건, 긴말하지 못하고 "그저 좋아서 간다."고 짧게 말하고 마는 이유는 그대들에게 정말 길게 설명하고 싶지만, 온갖 일들을 떠올리다 이내 사무치고, 굵은 침 한번 삼킨 뒤 다시 목소리를 제자리로 가다듬은 끝에 결국 말을 잇지 못하는 것이다. 그 이유가 말하여질 수 없고 설명될 수 없는 일이기 때문에 침묵으로 답할 뿐이다.

세상의 값싼 가치에 털려 버린 나에게, 산은 아무것도 묻지 않는다. 다만, 산은 세상이 때리면 산처럼 견뎌라는 말을 하는 대신, 반대로 경쟁에 내몰리고 저항 없이 살아가는 삶에서 벗어나라고 부추긴다. 나를 깊이 선동하는 붉은 산들이 있다.

바쁜 직장과 시간이 멈춘 산은 극명하다. 산은 나에게 어떤 시간으로 살아야 할지를 언제나 말한다. 그러나 산은 직선으로 말하지 않는다. 언제나 에두른다. 하고자 하는 얘기를 숨겨놓지만 휘휘 돌아올라 폐부를 찌르는 명쾌함이 있다. 침묵하는 선지자의 넓은 등판을 보는 듯하다. 노자《도덕경》45장에는 대변약눌大辯若訥이라는 말이 있다. '대변은 사물에 따라서 말하고 자기가 지어낸 것이 없으므로 어눌한' 것 같지만, 그 말에 세상이 감응한다. 산이 꼭 그렇다. 진실에 가장 가까운 길, 에둘러 가고 어눌한 듯하지만 가장 정확하고 빠른 길, 그 끝은 언제나 첨단이다. 산의 모든 길은 이렇다. 나는 오른다.

*　*　*

우리가 사는 여기가 우리는 상식이고 정상적이라 여기며 산다. 땅에서의 정상과 비정상은 산에 가면 모두 뒤바뀐다. 밑에서는 엉덩이 무거운 사람이 미덕이지만 산에서 엉덩이가 무거우면 생사가 위태롭다. 산은 어제의 나와 단절하는 각성이다. 평이한 길을 걷지 않고, 따뜻한 곳에만 머무르지 않고, 풍족한 음식으로 배를 채우지 않는다. 언제나 춥고 배고프다. 얼마나 삶이 안이했는지를 되묻는다. 뇌에 번개를 내리친다. 이제껏 걸치고 있는 가식의 셔츠가 땀에 젖어 악취를 발산하며 증발하기 시작한다. 가쁜 호흡, 흐르는 땀, 움직이기 힘든 허벅지, 뻑뻑해지는 장딴지, 내 솔직한 모습이 바로 이런 것들이다. 함부로 뱉어낸 말들의 위선과 일상의 안락했던 위안들까지 산에서는 무장해제 된다.

몸에 솔직하지 않은 자는 산을 오를 수 없다. 몸에 솔직한 모습, 먹을 것을 찾아 쉼 없이 뛰어다니고 짐승에게 쫓겨 달아나고, 서로 더 먹으려 싸우다가도 그리운 사람을 만나기 위해 몇 날 며칠을 걸어간다. 어느 누구의 몸도 솔직해지는 산에서 무장 해제된 채 서로에 대해 얘기하며 밤새 술잔 부딪히는 일은 그래서 좋다. 오직 인간의 다리로만 닿을 수 있다는 것, 산을 오르는 일은 인류의 원형, 먼 옛날 말을 타고 달리던 선조들과, 뱃사람의 탄식과, 정적들과 싸우던 두려움, 벗짐꾼의 한탄까지 내 안에 여전히 존재하고 있음을 확인하는 일이다. 문명의 이기가 오랜 인류의 행복을 여전히 침범하지 못하는 유일한 DMZ다. 나는 오른다.

떠남은 원초적 유혹이다. 그곳에 있을지도 모를 무엇인가에 대한 기대다. 이 기대는 수천 년 동안 인간을 유혹했다. 인간의 역사는 이 유혹에 넘어가 홀연히 떠난 이들의 역사다. 길을 떠나고 현실을 떠나고 일상을 떠나는 데서부터 역사의 변곡점은 시작됐다. 주린 배를 부여잡고 척박한 토양을 떠난 희랍인은 문명을 일구며 지중해를 제패했다. 떠난 자는 반드시 돌아간다. 떠난 이들은 다시 돌아가는 것을 목숨과 같이 여겼다.

일리아에서 10년의 전쟁을 치르고 고향 이타카섬으로 돌아가기 위한 눈물겨운 오디세우스의 10년 행로는 3000년간 인간 사유의 모티브가 됐다. '인간은 자궁이라는 이름의 무덤에서 나와 무덤이라는 이름의 자궁으로 돌아간다.' 돌아오기 위해 떠나고 떠나기 위해 돌아온다. 먹기 위해 싸고 싸기 위해 먹는다. 즐거움은 괴로움에서 나오고 괴로움은 즐거움의 뿌리다. 사랑은 미움을 동반하고 미워하는 것은 사랑했기 때문이다. 채우기 위해 버리고 채우려 버린다. 인간이 어쩌지 못하는 이 빌어먹을 순환은 저주에 가깝지만, 소모적 삶을 끊임없이 반복하는 인류의 과정은 결국, 인간을 인간이게 한다. 그 원초적 순환과 산을 오르는 행위는 다르지 않다. 떠남이 돌아옴을 전제한 여행이라면, 오름은 내려옴을 전제한 일탈이다. 일상은 떠남을 부추기고, 평범을 기웃거리는 존재에게 오름을 추동한다. 떠남 – 고난 – 극복 – 귀환은 영웅이 될 수 없는 자가 할 수 있는 아주 작은 영웅 놀이다. 등산화 작은 발자국에서 자신의 신화를 찾으려는 외침. 나는 오른다.

닿을 수 없는 오지에 닿아 의젓한 인간의 모습을 보았다. 산에서 같이 코펠 밥 먹는 사람들, 서로에게 고운 말할 줄 모르지만, 사달이 나면 제 몸을 던져 너를 살리고 우리를 살리려 덤벼드는 인간. 사지를 지나온 그들 사이로 흐르는 잔잔한 끈끈함, 산의 영혼 같은 모습. 영원하지 않은 세계에 단명할 인간이 보여주는 진심이다. 죽을 때까지 붓을 손에서 놓지 못하는 화가, 들어 올리지 못한 역기를 놓지 못하는 역도선수, 패배한 그라운드를 떠나지 못하는 타자, 수직의 빙벽에서 죽음과 맞버티는 등반가. 단명하여 짜릿한 인간의 맛, 나는 오른다.

***

왜 오르는가에 관해 개인적인 이야기를 덧붙인다. 에베 레스트를 다녀오고 정확히 6년 뒤 역시 월급쟁이 신분으 로 북미대륙 최고봉 데날리에 오른 적이 있다. 어찌나 고생 했던지 히말라야라면 그쪽으로 오줌도 누지 않겠다는 맹 서의 잉크가 채 마르기도 전에 다시 만년설에 눈을 돌렸더 랬다. 그러고 보면 보면 병인가 싶기도 하다. 미치지 않고 서야, 가네 마네 그 난리를 치고도 산을 잊지 못하는 산쟁이 버릇은 참으로 고치기 힘들다. 게다가 몸담았던 회사는 산 업 전반에 닥친 불황으로 위기로 치닫고 있었고 이 위기를 어떻게든 끝내라는 특명을 받고 50명의 팀원을 거느린 팀장 으로 보무당당하게 9회 말 구원투수로 등판한 상황이었다.

그러나, 삶은 묘하다. 일이 결국은 이렇게 되려고 했던 지, 때를 같이 하여 산쟁이들이 내게 손을 내밀었으니 무뚝 뚝한 그들의 한 마디에 나는 모든 것을 뒤로 하고 만년설을 향해 짐을 쌌던 것이다. '같이 오르자', 구구절절하지 않았 다. 그들은 많은 말을 하지 못한다. 할 줄도 모른다. 그들의 '같이 가자'는 말에는 사실 모든 허망한 서사와 나름 삶의 의미와 꿈을 향한 욕망과 부탁과 갖가지 은유와 수사와 그 리고, 내가 혹시라도 그곳에서 위험에 빠지면 내 마지막을 네가 기억해 줬으면 좋겠다는 말과 그래서 네가 사람들에 게 그 모습을 알려줬으면 좋겠다는 말이 뒤섞인 애매한 우주계의 말이다. 산쟁이들이 가장 좋아하는 말은 '산에 가자'이며 또한 가장 두려워하는 말도 '같이 가자'는 말이다.

데날리는 알래스카주^州 지도상의 한중간에 솟아 있다. 주도^{州都} 앵커리지 북북서쪽으로 210킬로미터 떨어진 봉우리다. 원주민이 불렀던 이름은 데날리였으나 오랫동안 매킨리_{Mckinly}라는 이름으로 불렸다. 알래스카 대륙을 러시아로부터 사들인 즈음, 1896년 미합중국 대통령에 당선된 윌리엄 매킨리를 기념해 붙인 이름이 21세기 초반까지 통용되고 있었다. 2015년 8월, 버락 오바마 대통령은 알래스카를 직접 방문해 매킨리산을 원주민이 본래 부르던 이름으로 복원시켰는데 데날리라는 이름은 높은 것, 숭고함, 위대함이라는 뜻이다. 러시아 영토였을 당시에는 볼샤야 고라_{Bolshaya gora}▲로(큰 산이라는 뜻)로 불렸다.

북미 최고봉이라는 상징성으로 인해 많은 산악인이 찾는다. 북극권에 위치한 이 산은 추위가 남다르다. 온갖 추위를 경험했다 여겼지만, 데날리는 달랐다. 온대 기후에 위치하지만, 높은 고도로 인해 만년설과 국부적인 돌풍이 강하게 부는 히말라야 추위와는 근본부터가 다른 추위였다. 극지방의 습한 바람이 쉼 없이 불고, 북극의 한대 지방에 자리 잡고 있는 데다 고도까지 높아 세상에 없는 추위를 가

▲　　러시아어로 '큰 산'이라는 뜻.

진 산이었다. 그뿐만 아니라 히말라야와는 달리 극지방에 치우친 위치로 인해 고도가 높아질수록 산소 부족이 상대적으로 더 심해 등반 난도는 더없이 높다. 히말라야에서 경험한 최저의 온도는 영하 45도였지만, 데날리에서는 영하 55도가 평균이었다. 그 때문인지 한국 최초의 에베레스트 등정자 고상돈, 일본의 산악 영웅 우에무라 나오미 등 유난히 이 산에서 산악 영웅들이 목숨을 많이 잃었다. '산악 영웅들의 무덤'이라고도 불리지 않던가. 실제 이 산을 오르다 유명을 달리한 산악인은 난공불락의 히말라야 K2(8,611미터) 봉우리보다 많다.

왜 오르는가에 관해 얘기하려 한다. 그곳에서 긁어낸 많고 많은 에피소드 중에 이 얘기를 나는 하고 싶다. 당시 에베레스트에 올랐던 사람들 그대로에 6명의 악우들을 더해 총합 9명이 장도에 올랐다. 대원들의 연령도 다양해서 50대 2명, 40대가 5명, 30대와 20대가 각 1명씩이었다. 여성 선배님이 1명 있었고 고산에 오르기엔 역부족으로 보였던 고령의 선배님들도 다수 있었다. 모두가 고생스럽게 훈련한 만큼 대장님(에베레스트에서 서로 부둥켜안고 울던 벽래형)은 초지일관 대원들 모두를 정상에 올리고 말겠노라며 전원 등정의 의지를 보였다.

그는 만년설이 휘날리는 이곳에 오기까지 대원 한 사람

한 사람이 어떤 고난을 뚫고 왔는지 잘 알고 있었다. 자리를 비운 날만큼 그대로 매출 하락으로 이어지는 영세 부품 업체의 사장, 작은 공부방을 운영하며 기말고사 기간 중 이곳에 오기 위해 학부모들에게 굴욕을 느끼며 읍소했던 선생님, 이제 갓 자리를 얻게 됐지만 휴직일 수의 곱절로 눈치 받은 늦깎이 말단 공무원, 오랜 고시 공부 끝에 이제 새신랑이 됐지만, 만년설의 열정을 녹이지 못한 고시생, 윗선 눈치 보기 바쁜 대기업 부장의 지위와 자신의 꿈을 맞바꾼 월급쟁이, 대학 졸업을 앞두고 취업 준비를 뒤로한 채 산을 첫 사회생활로 결단한 취준생, 그리고 나.

여기까지 온 이상 개개인은 등정에 대한 열망에 가득 차 있다. 안타깝게도 확실한 것은 모두가 오를 수는 없다는 것. 등반이 계속될수록 체력과 고소증세로 인해 같이 오를 수 없는 상황에 당면한다. 그러나 모두가 오르겠노라 나선다면 등정할 수 있는 대원조차 그들의 뒷바라지로 오르지 못할 수 있는 상황에 직면할 수 있다. 가능성 있는 대원들로 구성한 1차 공격조가 기상 악화로 실패한 날 밤, 마지막 캠프의 희박한 공기 속에 기침을 해대며 좁은 텐트에 9명이 무릎을 세워 잡고 모여 앉았다. 같이 가자, 같이 가면 오를 수 있다, 같이 올라 성공하면 명예롭다, 같이 오르다 실패하면 그 또한 명예롭다, 9명이 와서 몇몇만이 오르면 오른 사람과 오르지 못한 사람 모두에게 멍에가 남는다.

모두가 오르기로 의기투합했던 순간, 한 사람이 남기를 희망했다. 정상에 오르는 날은 자지 못하고 먹지 못하며 18시간을 칼바람, 돌풍과 함께 걸어야 한다. 정상에 오르면 누구나 기진맥진하므로 1차 하산 목표인 마지막 캠프에 누군가 남아야 안전하다. 만약에 있을 조난사고에 멀쩡한 정신으로 대처할 수 있는 사람이 한 명도 없다면 원정대 9명 전체가 위험에 빠진다. 이를 너무나도 잘 아는 한 사람이 자신은 정상에 오르지 않을 것을 마지막 캠프에서 선언한다. 그리고 그는 마지막 캠프에 남아 모든 교신을 예의주시하겠다 말했다. 그대들이 내려오는 시간에 따뜻한 차를 끓이고 기다리겠노라고 말한다.

　　그의 덕으로 마침내 정상을 향해 오른 나머지 8명이 모두 정상에 올랐다. 하산 중에 조난의 위험이 있었지만, 그가 마지막 캠프에서 수프를 끓이며 기다리고 있다는 믿음에 모두가 안전하게 하산했다. 아마도 누구 하나가 사달이 났더라도 그는 제 죽는 줄 모르고 올라가 끌고 내려왔을 거다. 그는 6년 전 에베레스트 원정대의 대장이었다. 왜 오르는가에 관한 거친 열 번의 말보다 간명한 답이다. 같이 오른다는 것은 이런 것이다. 북극의 살을 에는 추위는 지금도 온몸을 부르르 떨게 하지만, 그날 우리는 뜨거웠다.

내려서며

누군가 물었다. 울고 싶어서 운 적이 있느냐? 나는 그렇다고 대답했다. 남몰래 울기도 하고, 울고 싶지만 내색하지 않을 때도 있다고 덧붙였다. 아무것도 가진 것 없는 적수공권赤手空拳의 인간이 의지할 만한 사람 아무도 없는 사고무친四顧無親의 타지에서 구불구불 곡절로 살아 스스로 안돼 보여 자기연민에 눈물 흘린다. 굴욕과 남루는 아무에게도 말할 수 없다. 아무에게 말할 수 없다는 사실에 눈물은 솟아난다. 한바탕 눈물을 쏟으면 영혼은 맑아지는데, 마치 힘든 바위를 오르고 내려온 뒤와 같아서 모종의 그 정화, 쾌감 때문에 부끄러운 줄 모르고 반복하는지 모른다. 위안하자면, 눈물은 오줌과 달라서 창피한 것이 아니다.

생각건대 일찍이 발터 벤야민은 일과 도박을 두고 의미 없이 긴박하며, 과거 지난 일은 무화되고, 끝나면 공허하다는 세 가지 공통점을 간파한 바 있다. 이 공통점은 전혀 이질적인 '눈물'과 '등반'에도 포개져서, 그 안에 의미를 찾으려는 행위는 무용하며, 그 끝에 결실을 구하려는 집착도 내려놓는 게 좋을 거라는 숨은 뜻을 억지로 꿰맞춰 본다. 이는 언뜻 모든 것이 부질없다는 허무주의로 읽힐 수 있으나, 그게 그렇지 않다. 그저 울고 그저 오르는 건, 오히려 매 순간 바로 그 순간의 진실을 땔감으로 자신을 100% 완전 연소하는 가장 센 현실주의에 가깝다.

바위를 오르는 등반가의 긴장된 육체를 보라. 경련하는 얼굴, 화강암에 비벼대는 뺨, 미세한 바위틈에 엄지발가락 끝을 걸면 오토바이 타듯 저절로 동요하는 다리, 손톱을 비집고 흐르다 눌러 붙은 검붉은 피, 무거운 바윗덩어리를 떠받드는 시시포스 같은 건장한 어깨, 화끈한 수축을 목말라하는 광배근, 움켜쥔 팔에 버티는 전완근, 흙투성이가 된 믿음직한 두 손, 추락과 오름의 갈림길에서 죽을힘을 다해 천천히 다음 홀드를 잡는다. 삶은 이렇다. 삶에 의미를 부여하고 성공과 실패를 욱여넣지만, 사실 철학이 사라진 자리가 삶이다. 사유와 의미를 넘어서는 구체성이 지배하기 때문이다.

등반가가 죽어라 기어오르는 그 과정에서 삶의 철학적 함의를 찾으려 하기도 했다. 헛수고일지 모른다. 정상에는 자신이 찾아 헤매던 무지개가 없는 것과 같이 그곳은 인간의 철학이 사라진 자리다. 어쩌면 인간이 만들어 낸 모든 고귀하고 깊은 종교와 철학을 발아래 짓뭉개고 오로지 정직한 두 발만을 믿는 자리일 테다. 장딴지 미세 근육이 꿈틀거리며 철학을 비웃고 허벅지 대퇴근이 종교를 밟는다. 적어도 바위를 오르고 있는 사람들에겐 어지러운 인간의 교설은 침범할 수 없다. 바위가 위험할수록 청빙이 푸르게 솟구쳐 있을수록 더욱 그러하다. 모든 순수는 폭력성을 안고 있다 여기지만, 순수의 모험이 서식하는 곳은 오르는 자들의 마음속이라 믿는다.

마음껏 울어라, 그리고 마음껏 오르라, 한 번에 하나씩, 진실한 '지금'의 정신으로. 다 울었다면 다시 울고, 끝까지 올랐다면 또 오른다. 과거와 미래를 오락가락하며 우수마발의 걱정을 안고 사는 대신 지금이라는 굳건한 지반 위에서 한 번에 한 사람이 되는 것이다. 한 번에 한 사람이 된다는 건 충분히 좋은 일이다.

내려서는 길, 빈손으로 내려보낼 순 없다며 산이 내 손에 쥐어 주는 말을 다시 꼭 쥔다. 산은 말을 끝내고 쉿, 하고 입술을 지그시 눌렀다. 그리고 내 입술에 산의 모습을 한 인중이 생겼다. 인중은 삶의 높은 산으로 나아간 등산가의 울음과 탄식을 잊지 말라는 메시지를 아침마다 일깨운다.

손닿는 것들을 무심하게 주섬주섬 꾸려 불룩해진 배낭을 들쳐 멘
다. 눈을 감으니 무거워야 할 배낭도 우주선 진공상태처럼 가볍다.
겨울을 향해 가는 늦가을의 산이 밉다는 듯 흘려본다. 왜 이제 왔냐
는 것 같다.

　작은 내 키를 산만큼 키워서 산은 자신의 꼭대기에 나를 데려다
놓고 마루금을 걷게 한다. 그렇게 산의 시선으로 내려다보니 삶은
그야말로 막장이었다. 능선에 서서 왔던 길을 돌아보듯 지난 삶을
생각하곤 부끄러워 두 손으로 얼굴을 덮는다. 조금 억울하기도 하
다. 생긴 대로 살지 못했다.

　정해진 길이란 게 없으니 그 모든 헛발질은 모두 나의 길이었다.
그래도 태어나 지금껏 잘한 일이라 생각하는 두 가지는 세상에 두
아이를 내놓았다는 것과 산﹏ 친구들과 쏘다닌 산이다. 내게는 이
들이 나의 대학이었다.

　세상 사람은 시시한 일상을 산다. 누구나 자신의 삶을 까발리는
건 너저분한 이삿짐을 마당 가득 펼쳐놓은 민망함이다. 내 삶은 민
망했다. 그러나 민망한 중에도 무거운 입을 떼며 부끄러운 줄 모르
고 떠드는 순간이 있으니 저 멀리 산 중턱 고소하고 따뜻한 냄새가
나는 희미한 텐트 안에서 내 다우악과 도란거리며 산 얘기를 할 때
다. 내가 스스로 시시하지 않은 유일한 순간이다.

　무뚝뚝한 그들은 늘 어눌했다. 분명하지 않았고, 조리 있게 긴말
을 하지 못했다. 얘기는 늘 집약되고 생략되고 잘라 먹었는데 그 농

축된 밀도의 말에 나는 빨려 들었는지 모른다. 그것은 머리로 하는 말이 아니었기 때문이다. 한여름 능선 길, 굵은 비 맞으며 서로의 체온을 확인하고 한 겨울 한파를 뜨거운 라면 국물과 힘찬 산가山歌 한 자락으로 날려 버렸다. 추운 겨울, 자신의 침낭을 내게 덮어 주었고, 새벽같이 일어나 밤사이 얼어붙은 서로에게 김이 나는 밥을 지었다. 힘들 때는 서로를 부둥켜안고 울었고 즐거울 땐 함께 노래 부르며 기꺼워했다.

그들 마음의 진위를 알고 난 뒤에 그들과 나누는 말은 더 이상 어눌하지 않았고 더없이 분명하고 간명했으며 강력했다. 인간에게서 받은 그 강한 전율을 나는 오랫동안 품으려 했다. 어눌하지만 강하고, 느리지만 응축되고, 짧지만 밀도 있는, 언어의 이데아 같은 그들의 말. 이 글은 그들과 그들의 언어를 알게 된 뒤에 받은 충격에서 비롯되었다. 살과 뼈를 산에 녹이며 전 생애로 사는 사람들과 까닭 없이 함께했고 다시 잊히고 허물어지더라도 원 없이 산에 다니며 함께 울었던 그들의 말을 나는 경배한다.

그러나 같이 얘기를 나누던 악우岳友에게 '아직 산을 잊지 않았다'는 말을 하기는 또 무색하다. 그것은 설명이 필요 없는 것인데도, 굳이 말하려니 뒤통수에 손을 대고 긁적일 수밖에 없다. 마찬가지로 이 글은 설명할 수 없는 것들을 설명하려 했고 기어코 말 너머의 말들을 해석하려 들었으니 글을 마친 지금이 또한 무색하다.

무색하고 부끄러워 이제 산에서 내려가지만, 내려서는 길에 자꾸만 돌아본다. 그대도 이러려나. 산은 배낭 무게에 눌린 내 어깨 붉은 두 줄을 어루만진다.

미주

1 Martin Jacolette 촬영, "Albert Mummery", 《Mes escalades dans les Alpes et le Caucase》, 1903, URL: https://commons.wikimedia.org/wiki/File:Albert_Mummery.jpg

2 Albert Frederick Mummery, "My Climbs in the Alps and Caucasus, plate 11", 《My Climbs in the Alps and Caucasus》, 1985, URL: https://en.wikipedia.org/wiki/Albert_F._Mummery#/media/File:My_Climbs_in_the_Alps_and_Caucasus,_plate_11.jpg

3 Gos, Emile, "Emile Javelle", <Die Schweiz>, URL: https://www.e-periodica.ch/cntmng?pid=swz-003%3A1947%3A0%3A%3A212

4 Emile Javelle, "Première ascension de la pointe de Zinal", 1871, URL: https://commons.wikimedia.org/wiki/File:Premi%C3%A8re_ascension_de_la_pointe_de_Zinal.jpg

5 Espandero, "Pointe de Zinal(2)", 2020, URL: https://commons.wikimedia.org/wiki/File:Pointe_de_Zinal(2).jpg

Switzeland Travel Press.

6 미국 산악전문지 'ASCENT' 2017년 발행 50주년 기념판(242호) 기사 중 사진 발췌.

7 Peter Stevens 촬영, "Paris Match, 3 Septembre 1966", URL: https://flic.kr/p/8uTMSz

8 Chris Bonington Picture Library.

9 정민, 《다산선생 지식경영법》, p.124.

11 Voyteck Kurtyka Archive.

12 이용대, 《등산, 도전의 역사》, p337.

13 Voyteck Kurtyka Archive.

알피니스트

산이 빚은 사람들

초판인쇄 2024년 2월 12일
초판발행 2024년 2월 12일

지은이 장재용
발행인 채종준

출판총괄 박능원
책임편집 유 나
디자인 서혜선
마케팅 안영은
전자책 정담자리
국제업무 채보라

브랜드 드루
주소 경기도 파주시 회동길 230(문발동)
투고문의 ksibook13@kstudy.com

발행처 한국학술정보(주)
출판신고 2003년 9월 25일 제406-2003-000012호
인쇄 북토리

ISBN 979-11-6983-906-8 03810

드루는 한국학술정보(주)의 지식·교양도서 출판 브랜드입니다.
세상의 모든 지식을 두루두루 모아 독자에게 내보인다는 뜻을 담았습니다.
지적인 호기심을 해결하고 생각에 깊이를 더할 수 있도록, 보다 가치 있는 책을 만들고자 합니다.